時の八面体

岡本章良
OKAMOTO Akira

文芸社

目次

一、戦国米

有岡城が陥落、続いて三木城が約二年におよぶ籠城戦の末に落ち、そして、石山城の開城となって、天下の形勢は急速に変わりつつあった。

力攻めで事をすませる簡単なことはいたって少なく、城攻めが長期的な封鎖戦になることが多い。そうなると陣の近くに市が立った。大軍団が長陣を構えれば、兵糧奉行の采配だけでは手落ちも生まれ、市を大いに利用することともなった。

陣へ持っていく商い品も増える一方だ。米はもちろん、雑穀から、漬け物、干物、塩魚、束ねた鮮魚、味噌そして薬餌として気付け、血止め、もぐさ、虫薬、馬薬、ほかに梅干、干し味噌、干し納豆、胡椒、かつお節、兵りょう丸など。また打飼、面通、水筒、火打ち袋など、武具の修理用具も用意した。

孝次郎（こうじろう）は羽柴さまと決めていた。この前は弟でいらっしゃる小一郎秀長さまの但馬への出陣で多くのものを利用いただき、次も羽柴さまの陣への商いと決意し情報を集めていたのである。

世の中が酷く乱れ、軍が頻繁に動きに動く。力さえあれば、そして勿論その力を生かす才覚さえあれば、身分など問題でなく野心を貪欲に推し進めていくというエネルギーが満ち溢れている時代であった。

孝次郎は羽柴さまが、因幡に出陣という情報を得た。ますます意気軒昂な織田さまが中国経略を命じられていた流れであろう。羽柴さまの標的は毛利さま支配下の山陰道の拠点ともいうべき鳥取城である。毛利さまといえば、織田さまの勢いを痛いほど感じいっているときであろう。あの難攻不落の牙城石山本願寺の消滅という報せは、毛利さまを震え上がらせたに違いない。

孝次郎の生活の拠点であり、商い品の調達の場は堺である。外の世界と通じた開放的な自由さを漂わせた貿易都市として畿内及びそれ以東の全地域に影響を与える早くからの自治都市でもあり、日本にきたイエズス会の宣教師に言わせれば「此の町に来住すれば、皆平和に生活」するが、「壁外五歩に出れば何処にて遭遇するも殺傷せり」と。市外では戦乱が荒れ狂っているにもかかわらず、平和な営みが行われているというこの堺は、いろんな情報を仕入れて商いへと展開させる環境として恵まれていると思うし希望も持てた。商いの方は店売もやっているが、門前市などへの出店、とくに大坂の平野や天王寺の市などに力を入れている。

堺の実力者津田宗及さまに焼印をおした木の鑑札を交付してもらい、身元保証のように持参している。

陣で市をはるといっては大袈裟になるが、同じように陣に出向いて商いをしている仲間というべき者も増えている。そんな仲間うちで、出発に際してあらゆる面で手足となって手助けしてくれる小僧さんを調達しあっているのだが、孝次郎は運よくこの前と同じ保吉(ほきち)というかわいさがのこる野性美のあるしっかり者を得た。

孝次郎が保吉を伴って堺を発ったのは、天正九年六月末だった。孝次郎は保吉に言った。

「今度の行商はこの前よりずっと厳しいものとなろう。堺のここに戻ってくるまでは、見たり聞いたりしたことは一切口にしてはならぬぞ。しっかり者のお前のことだからこれといって心配はしないが、勝手な振る舞いは極力いたさぬように。くれぐれもわしの言うことをよく聞くように。わしとても頼りにしてのことよ」

孝次郎がいつも運搬用に使っている荷車を補強して主に保吉に引かせ、因幡を目指してのきつい道のりである。

斬りとり強盗が頻発したり、いつ野伏や落ち武者が現れて、無茶を言いだすかわからない、いつ何がおきても不思議ではないというような世の中である。武士にあっては、武術は当たり前のことではあるが、まずもって野戦の生活にびくともしない頑丈な体をつくるということに毎日をしむけ、口腹を陣中式にならすように備えた。そして武士以外の者についても言えることは、たいがいの無法に備える覚悟だけは必要であった。

道中については、信長の施策の行き届いたところでは、関所が廃止されたところもあり「津料」「駄の口」と呼ばれる通行料も払わずにすんだこともあったし、道路が整備されているところも見かけはした。

孝次郎らは交替を重ね休憩し睡眠をとり、因幡の国に入ったかなと元気が増した頃のことである。前方に異様な二人が見えた。顔を薄汚い布でほっかぶりして、刀を前に突き出してこちらに向かってくる。孝次郎は保吉に「騒ぐでないぞ」と一喝し、立ち止まった。刀を突き出した二人は目の前まで来て何も言わず、ただ刀をこちらに突きつける動作を繰り返す。着ているものといえばまったくの泥だらけで一人に比べてもう一人はかなり背が低い。孝次郎は最初斬りとり強盗かと思ったが、黙っている二人を落ち着いて観察してみるとどうも農民らしい。用心しながら水筒と打飼の中から取り出した握り飯をさあどうぞという仕草をしてみせると、二人は持っていた刀をその場に落とし、孝次郎の手に吸い寄せられるように飛びついた。そして孝次郎らの前で取りつかれたように口を動かした。しばし後、食べ終えるのを目の前にして、毅然とした物言いで孝次郎は言った。

「大変なことがあったんですね」

声を掛けられた農民風の背の高い方がやっと口にした内容は、国中が大混乱になっているということだった。

この時代、軍が動けば動くほど、庶民の苦痛はどんどん増していったのである。田畑は蹂躙され、兵糧米を徴発され、略奪、放火、殺人などの破壊行為が村を襲うということは誰もが知るところである。

大変な内容が語られたところは、秀吉が鳥取城を早く落とすについて軍議で策を述べさせたところ、一つには「我らが刈り取り前に商人を派遣して高値で買い占める。そのうえで我らが出陣の際には近隣の農民たちを追い立てて鳥取城に追い込む」といった城の兵糧米を極端に少なくすると同時に国中を飢えに追い込むという意見のまさに苛酷な現実に関するものだった。

秀吉はこの地に入り計画的に農民に虐待を加え、逃げ場を城内へと求めるよう仕くんだ。手心を加えようとみえた、そんな中この親子らしい二人は直感的に悲観し城内には逃げ込もうとせず、虐待を加えようとした兵の隙をみて鍬で気絶させ、刀を奪い逃げ回りながら、斬りとり強盗のまねごとのようなことをやっていて疲れきっていたのだという。

孝次郎は朴訥として話してくれた農民に尋ねた。

「秀吉はどこに陣を置いているのかね」

「鳥取城の近くに帝釈山というのがあり、あれです。まだ遠くて見えませんが、そこに本陣をおいておるのだ」

と指して即座に答えてくれた。孝次郎は農民親子に水筒を与え、

「お互いにこうして会ったことを忘れるようにしよう」

と言って帝釈山といわれた方へと急ぐことにした。農民のほうはしばらく立ち止

まっていたようだが、因幡から遠のくように走って去っていった。

幸いにも保吉の動揺は大したことはなく、交替で休憩をとりつつ前へと進んだ。するとはるかに城らしきものが見えてきた。それと同時にその一帯の小さな山々もはっきり見える。目の前が一面の平野で視界が良ければまさしくはっきりと見えてきた。さらにそれに向かって進んでいくと目の前に三層の櫓が現れた。孝次郎は緊張し、保吉に目をやり、顔を上下にして、いよいよ来たのだぞと合図した。そしてその目と鼻の先に番所があり、武装した兵士が問いかけてきた。

「おぬしらはこの先どこに行くつもりなのか。ここは羽柴殿の陣内と知ってのことか」

そして荷車の品をことごとく調べた。

孝次郎は予想していたことなので、自分は堺の商人で羽柴さまの陣に限って出向いては必要なものを利用していただいているのでございます。この前も弟さまの但馬の陣にあたってもお役にたたせて戴いておりますするという旨を丁重に申し述べるとともに、津田宗及さま鑑札の木札を提示することも忘れなかった。

待つように言われ、許可がでるものと信じて孝次郎らは腰を下ろした。

相当長く待ったように思ったが陣内に入ってもよいという許しをもらい先に進んだ。待っている間、役人兵士に取り調べを受けるような通行人はいなかった。五百メートルほど進んだところに番所があり、同じような質問を受け待たされたが、今度は意外と早く許しがでた。また一キロほど進んでいくと三層の櫓が現れその先に番所があった。二回許しを得たことを申し述べ、手間取ることなく先へ進むこととなった。この間、城に面した方には柵や堀や塹壕が築かれ、見たところ延々と続いている様子である。もちろん反対側も土塁や柵が整然と築かれているところが多い。そして兵の数も驚くほど多くなり、早足で任務にあたっているのが見える。

孝次郎は注意深げに、陣内において作戦上決して邪魔にならず、臨機応変に移動できるようとのことも含みおき、まずもって陳列できそうな場所を探した。そして陣釜炊事が行われている箇所を確認し、その場所から目の届く通路脇に腰を落ち着けることに決めた。張り詰めていた気持ちをまだ緩めることはできない。この陣の兵糧奉行というか着陣後の陣中の兵糧面、炊事面を指揮するお方にご挨拶をしておかねばならぬ。それというのも孝次郎の商い品を利用してくださるのは何といってもこのお方が大半になるであろうことが予想されるからである。このお方とお会いして陣中での商いを上から目利きしてもらえるようになれば有り難い。

保吉に荷の番を頼み、少しあたりを歩いてみることにした。早足で移動している一団を見かける。その先には土塁と柵が延々と続いており、その先まっすぐ遠方に城が見える。城と向き合って一定の区間は整然たる兵の列があり鉄砲を持っている。休めの合図中らしく鉄砲隊に動きはなかった。振り向いて少し奥へ行くと、休憩をとっている一団があり、指示があるまで思い思いの過ごし方をしている。その一人に話しかけたが、相手は陣中着を着ていない孝次郎の姿を見て何も反応を示さない。

「羽柴さまの許しをえてこの陣でよろずの商いをさせてもらうことになった。して、おぬしらの飯の面倒をみるこの陣の兵糧奉行はどなたか、その名を教えてくださらぬか」

そこで聞きだした名は眞鍋隆宣（まなべたかのぶ）。

「その眞鍋さまはどこにおいでなさいますか」

これを進むと番所があり、その横に陣幕が張ってあるが、その中にだいたいはいると聞き及んだ。孝次郎は一旦荷がある保吉のところへ戻り頃合を待った。

まだあたりは明るいが、陣釜の並ぶあたりに係りの兵が炊事のため集まりだしてざわついてきた。このときには運搬に使ってきた荷車を広くみせるなど工夫し陳列も無事終えていた。集まってきていた兵が興味を示し寄ってはきたが、任務がとけていないのでまた散らばった。孝次郎はこのときと保吉に用件を言い陣幕に向かった。

　武士の食事は一日米五合。これを朝餉、夕餉の二回に分けて食うのが、普通だが、いったん合戦になると、昼食はもちろん、必要とあらば夜食も食う。短期決戦のときは白米もあるがだいたいは玄米であり、戦いが長引いたときは決まって玄米で、それもまるまる玄米ではなく、いくらか杵が当たったものである。これに糠味噌汁がつき、各自が持参した干納豆やかつお節、梅干などを食うといったぐあいであった。早目早目の食事で常時一食分は握り飯にし、いつ何がおきてもすぐ行動に移れるように備えをした。陣釜で炊事したものは各々が面桶に盛って配られるが、一部には各自の炊飯用具で炊いて食べるということも行われたし、炊飯用具に事欠く者の多くは陣笠を鍋の代わりに用いたりした。

　孝次郎は奥行きのある陣幕まで来て入り口から顔をだすと、槍を手入れしている武将がそこにいたので眞鍋隆宜殿への取り次ぎを依頼し、その武将が奥に消えてしばらくすると肩のいかった武具を調和よく身に着けた武将が歩み寄って来た。

「そなたがこの陣で商いを許された堺の町人か。番所から報せが入っておる」

「羽柴さまの御陣でお役に立てること誠もって幸せに存じます」

　孝次郎は深々と頭を下げ呼吸を整えて用意した品を眞鍋さまの目の前に献上するように差し出した。この品というのは、孝次郎が堺を発つときに南蛮人から買い求めて持参した置き時計であった。さすが織田家羽柴さまの武将であられる、見るなり何であるかがおわかりになり、にっこりとして、

「気が効くのう。名は何と申す」

「孝次郎と申します。陣釜が並んでいる横にて店をかまえましたので品の数々をご覧いただきとう存じます」

　後ほどまいることにいたそうという眞鍋さまの言葉を聞き、陣幕を辞去し、保吉の待つ商い所へと戻った。

　翌朝陣釜炊事の最中、人々が忙しく行き交うとき、眞鍋さまは若い供の者を一人従えて孝次郎の所へ現れた。そして、陳列品をじっくり見届けて、

「これだけ揃っていれば有り難い。せいぜい利用するようにいたそう。用はこの者

に言いつけるのでな」

　と言って供の者の肩に手を置いた。

「村上治五郎と申します」と名乗った武将は孝次郎が陣幕を訪れたとき、槍の手入れをしていた者に似ていた。兵糧奉行の訪問を受けて気をよくし、保吉と笑顔をかわしている姿を満足そうに眺めながら、眞鍋さまは陣釜が並ぶ向こうへ去っていったが、そのとき、「相手は籠城戦と決めて必死の覚悟じゃろう。長陣となる」と言い置いた。

　孝次郎の計算はこうである。長陣ということがはっきりし、眞鍋さまのほうは副食物などを主とし、それから薬餌や兵糧の用具やらの利用がみこめるし、個々の兵は米から炊事用具にいたるまであらゆるものの利用があろう。陣中での間食をとることがごく当たり前になっていることからして商いは期待できるとみる。そこで銭の点を考えてみよう。眞鍋さまのほうは四角い細長い紙を用意してきた紐で繋げてある。用を仰せつかった村上治五郎に利用した品を数えて見せ、この紙を束ねていってこれを合計して銭で頂戴する。合計だから頂戴するときは、緡銭とバラになっていよう。個々の兵についていては簡単にいかないこともでてきよう。銭を持っている者は当然銭でもらうが、銭を持っていない者については物々交換といったことも考えおかなければならない。しかし銭といってもどれだけ多様なことか。まずもって統一通貨みたいなものがない。原則としてどの銭も額面を一文で使ったということはまちがいない。しかし中国の宋や明の銭が基本通貨として流通していたし、それをまねた私鋳銭がさかんにつくられ流通していたこともあった。つまりまず輸入銭と私鋳銭という区別があった。そして大事なのが善銭と悪銭あるいは鐚銭という区別である。悪銭というのは欠けたり、割れたり、すりへったり、焼けたりしたもので、こういったものも善銭とともに比率を決めて流通させていたからともかく多様であった。そこで孝次郎はこう思った。眞鍋さまから頂戴するものは善銭あるいは悪銭であったとしても交換比率のしっかりしたものであろう。個々の兵士については無理しすぎずに、その場その場で機転を利かすことにしようと。

七月も末頃になると、ここでの毎日が陣の動きにぴったりと並行して進んでいることに気づいた。こちらは攻め入って包囲している側で、相手は籠城戦を覚悟せざるをえなかった側である。陣内は慌てることもなく、動揺の様子はこれっぽっちも見られない。眞鍋さま宛ての商い品と数量を書いた四角い紙の売上票も増えていっている。個々の兵にいたっても銭はほとんどの者はちゃんと持っている。その中には「せんとく」や「なんきん」を出す者もいた。孝次郎は交換比率をしっかり記憶していた。「せんとく」は宣徳通宝という明銭をまねた私鋳銭で二分の一、「なんきん」は悪銭として知られているもので奈良でつくられたもの、これは十分の一。陣内において商いのいさかいは絶対におこしてはならず、孝次郎は重々承知のうえ肝に銘じたのである。

そして、ほかの陣屋のそばにも店が出店されることも多くなり、但馬、因幡の商人も市に参加していることもわかったし、いろんなもの売りがいたが、女郎屋もあり、遊女たちが見えかくれしているということも伝わってきていた。

この約ひと月の間に孝次郎はいろんな事を耳にし、教えも授かったがそのひとつの重要なことが羽柴さまが包囲しているこの鳥取城のことであった。

鳥取城は標高二六三メートルの久松山の頂にある。「四方離れて嶮しき山城なり」とあり、鉈で丸太の四方を削ぎ落としたような難攻不落の要塞である。この城の城主の吉川経家は三月十八日に請われて入城したばかりであった。それまでは山名豊国という応仁の乱で西軍を総師した山名宗全の五代の孫というが、腰のすわることない情けない者が勤めていた。織田方から毛利方に寝返る者が続出したときに山名豊国も織田方と縁を切った。

天正八（一五八〇）年、秀吉は三木城を陥落させ、山陰地方への侵攻を開始。但馬国を経て因幡国へ進み、小城を次々と落とし、豊国の籠（こ）もる因幡国の主城鳥取城を囲んだ。秀吉は「臣属するなら因幡一国を与えよう。拒むなら娘を磔（はりつけ）にして城も潰す」と。それでも首を縦に振らない豊国に対し、娘の肌に槍の刃を当てて降伏せよと迫ると、重臣たちの反対も聞かずあっさり降伏したのである。秀吉はこの後二郡しか与えず、重臣たちは不満を大いにもち、主君である豊国を城から放逐してしまった。そして毛利につくこととなり、秀吉との徹底抗戦へと進んでいったのである。城主不在というわけにいかず、毛利方山陰方面の責任者である吉川元春に名のある新たな城主を要請した。毛利方は次々と三人ほど送りこんできたが満足とはならず、結局選ばれたのが石見国福光城主吉川経安（つねやす）の子吉川経家であった。

経家としては、播磨三木城の籠城戦を参考に、「兵糧米さえあれば城は落ちない」と考えていたかもしれないが、事情がわかったとき愕然として覚悟をさらに固めただろうか。吉川経家にしても、城内に戦闘員、非戦闘員あわせて合計四千がこもっていて、非戦闘員の中には家を追われてやむにやまれずこの城内に逃げこまざるをえなかった農民の男女が多数いることを知り、普通の覚悟ではとうてい安堵することはできなかったであろう。城門は堅固に閉ざされたままである。

八月に入ったある日、孝次郎は陳列品をはじめとする手持ち品の把握をしておこうと考え、保吉に数を勘定させた。荷車の上の陳列品やその下に在る品をひとつひとつ数えては保吉が孝次郎に報告する。それを孝次郎が紙に書き取る。一応毎日陳列品を見えやすく整理するようにはしているが、今度は手持ち品の内容をしっかり把握したうえで陳列を変えてみようということである。かなり数が減っているものもあり、ほとんど利用の少ないものもある。保吉が読み上げていったものを書き取った孝次郎はしばらく数枚の紙を反復してながめ明朝からの陳列を思案した。勿論、陳列に耐えない陳腐した品をどうするかということも考えに入れて。

そんな日の数日後のこと、孝次郎は陣内の空気が明らかに緊張に包まれたものに変わっていることに気づかされる。城の方からの直接の圧力ではどうもなさそうである。指揮と合図が飛び交っているのであろう。早足でめまぐるしく移動する一団もあるし、鉄砲隊も複数列召集されたりもしているようだ。孝次郎たちもがらりと変わったものものしさに私事を控えた。そしてこの緊張に包まれた空気はその日が終わってても続いた。しかし、孝次郎には合戦が始まるような予感はない。数日間張り詰めて、陣内の動きに神経をとがらせていたが、やっと元の日常にもどった気がした。夕餉の準備で陣釜が並ぶあたりに係りの兵が集まり賑やかになってきた頃、眞鍋さまが巡回中、孝次郎のところに立ち寄って情報をくれた。

「吉川だか、小早川だか知らんが、毛利方の大軍が救援に来るだと、そんな勢いがこれっぽっちもあるものか」

と、自信満々の物言いであった。それを聞いて孝次郎は織田さま、そして羽柴さまの凄さを感じ入ったのである。

この毛利方の大軍が鳥取城を救援するのではという情報は、織田信長にも織田家中の明智光秀にも伝わった。信長は、

「一気に叩き潰すのみ」と、自ら出馬する勢いで言ってのけたが、丹波、丹後平定後、大和の検地などに当たり、羽柴秀吉に後れをとっていると自覚している光秀は焦りばかりが表面に出ることで信長を不快にしている。苛酷なこの時代、武士は恩賞によって所領を増やすことを唯一の目標にして戦ったといえるのだろうか。

毛利軍鳥取城救援かという情報が駆け巡ってからひと月と少したった頃、陣内がそれ以後引き締まった感を呈していたが、孝次郎の耳に、近寄ってくる兵やすれ違う兵から時折「米がない。米がない」という言葉が飛び込んでくるように思えてならない。孝次郎は不思議に思い、いったいどういう意味なのだろうと考えてみた。するとそう呟く兵はどうも包囲している敵の城内を意識してのことのようなのである。そしてある兵は言う。

「飢えた人間が発するものすごい悲鳴のような声が聞こえる」と。

孝次郎はまだ聞いたことはないが、まったく孤立した城であること、この陣内に入る前に因幡国に入ったところで出くわした農民親子から聞き出したことが思い出され、目がさらに一重見開いたような感じがした。この地方の米の事前の買占めのこと、農民を無理やり城内に追い込むように仕向けたことである。

この時代、国中が乱れていて大変なことにもかかわらず、本来ならというか意外と食べ物の種類は多いのである。たとえばこの九月に取れる野菜をみてみると、粟、稗、くるみ、かきの実、梨子、椎子（しい）、樫子（かし）、山いも、ほど、ところ、家芋、つくね芋、じれん芋、琉球芋、なすび、菊の花、晩ささげ、垣豆、冬瓜、ゆり、あざみ、午房、あかざの実、掃草子、あけび、ぶどう、ひし、くわい、なた豆、たで穂、とち実、かやの実、夏め、いちいみ、柚、かぶら、大根、ひともじ、ぼうぶら、はき、ほうれんそう、水瓜などがあげられる。新しく南蛮料理も食され、珍奇な野菜も渡来していた。茶が庶民の間にも拡がりつつあったし、栽培の面でも普及していた。醤油というものも出現していた。世の中が乱れれば乱れるほど、また生命の危険が増せば増すほど、人によっては食い物に異常なまでに執着するという現象があらわれるのも当然かもしれない。

十月に入りしばらくしてから、孝次郎に今まで聞こえなかった城内の異様な声が、あたりが静かになると叫び声の断片のようなものとして耳に入るようになった。城門を固く閉ざして静まりかえっていた城内から明らかに変化の様子があるのが伝わってきて、陣内はいやが上でもすべての者が注目するようになった。兵の中にはそのことについて軽口をたたく者もいるが、決して任務をおろそかにしたり、軽くみていないことがわかる。孝次郎は個々の兵が陳列品を利用することがこのところすっかり減ってしまっていることを知っていたし、任務からはずれた非番の兵などに自分のほうから親しみをもって話しかけるようにもしていたし、どういうときでも戦について意見がましいことを口にすることは決してなかったし、勿論、羽柴さまの凄さは充分に承知していたし、保吉には勇気づけるひと言を耳打ちすることも忘れないでいた。

数日たって轟音がした。陣内のみんながわかるものだった。孝次郎は城内で暴動が起きているのではないかと思われるぐらい多人数の叫び声に感じとれたものである。非番の兵と挨拶をかわしているところへ陣幕の方から二人の兵士がやってきて話してくれたことはこうだ。

支城として築かれた丸山城と鳥取城の間に城柵が築かれているが、そこから城内の様子が見え事態がわかるときがある。飢えで弱った体を何とか凌ごうとよろけよろけしながら草葉などの食物にありつくことだけを考えて、柵に体をぶち当てても、まったくとり憑かれたように焦っている。稲株でもあろうものなら、おいしいことはわかっており、むごたらしい勢いでの奪い合いがおこり絶叫を発して気を失ってしまう者もいる。ただ柵からこちらには出てこないので陣内の方から攻撃をしかけるということはないということだ。

眞鍋さまはここのところこちらの方には足を運ばれていない様子で陣幕内での物

議にご多忙なのであろう。

それから数日後、こんどは馬の悲鳴のようなものが一時続いた。孝次郎にもわけが呑み込めた。感傷に浸ることを自らに禁じた。ただ城内で牛馬を今、食する人はどんな人なのかと思い浮かんだが即座にその思いを打ち消した。

完全に包囲はしているが陣内から攻撃らしい攻撃を仕掛けたこともないのに、目の前の敵が崩れていく気配をみせはじめると陣内は熱気を帯びてきた。毛利方による救援の心配もその様子もなく、城と対峙して攻略の手筈を抜かりなく進めるのみであろう。そんな中、陣内から鉄砲隊の撃つ音がひびきわたるようになるのは何日もあとのことではなかった。飢えによって狂ってしまった男女が悲鳴をあげながら城柵をのり越えてこちらに出ようとするところを鉄砲隊が片っ端から撃ち倒したのである。

その撃ち倒された者に向かって男女が群がり寄る。その手には、小刀や包丁、かまなどが握られており、身体をばらばらに切り離し、さらにその肉をむさぼり喰っているではないか。それも熾烈極まる奪い合いの争いの中で。

この姿態がしばらく続いたようだ。

この異様とも異常ともいえる光景の中で秀吉は自らの陣営の調略がうまくいったことを確信した。

経家は断腸の思いで、主家毛利に対して十二分に忠節を尽くしたとし、開城交渉に入った。秀吉は籠城の主謀者である山名旧臣の二名らの切腹で十分としたが、経家が自らの切腹により、城兵全員の助命にこだわったため、経家と重臣二名らの切腹を命じたのである。

そのあとほんの少しの間に陣内に酒が振舞われた。陣中の飲酒を原則禁止という陣も多い中で、このときとばかりに出された。原則禁止の陣中に命がけで酒を専門に売りに来る商人もいて、明日なき武士たちに売りつけ儲けている者も孝次郎はよく知っている。

そして鳥取城の城門が開かれた。

城門から出てくる者は一様にやせ細り足をまともに前へ出すこともおぼつかないほどふらふらし転げるように出てくる。土気色の顔に目だけが異様にぎらぎらしている。

鳥取城の開城は陣内にいるすべての者に即座に伝わった。孝次郎は保吉に、

「あと一夜だよ。あと一夜すればな」

と耳打ちした。

合図、命令が発せられいきわたる中、眞鍋さまが来られた。そして孝次郎の顔を正視して、

「長陣であった。あと少しだ。孝次郎よ、殿がお会いになるとのことだ」

と、指示するような口調で言った。

「えっ、羽柴さまがわたくしに」

孝次郎は仰天した。今日陽が落ちる少し前に陣幕に訪ねてまいるように、羽柴さままで案内いたすよってなと言い残して眞鍋さまは陣幕へとお帰りになった。

羽柴さまは、鳥取城開城後に城門から出てくる飢えきった者に対して、道端に大釜を並べて粥を炊き出し少量ずつを意識して食させることにした。いっぺんに多食するとあまりの空腹が続いた後なので突然死することもあると気を配ったが、いちどに口へ多食した者は死んでしまったという。

孝次郎は眞鍋さまが去ったあと、まったく想像だにしなかった事態に突然でくわした思いに不安でたまらなくなったのである。あの羽柴さまが直接にわたしめに、

いったいどんな沙汰があるのであろうか、どんな御用を言いつけなさるのかと、心配がつのるばかりである。眞鍋さまがさっき、話されているときわたくしを見る目は真剣なものであった。いったいどんな話が。

退陣の方向へとすべてが動き出し、その動きが加速し慌ただしさの中を、眞鍋さまは、私を案内し、羽柴さまの前へととおされ、とにもかくにも土下座し祈るような気持ちで頭を地面に擦りつけていた。お傍には両脇にはなれたところに守備兵がいた。

「おもてをあげよ。よく来た。孝次郎とやら、端的に申し付ける。わしの家来として召抱える」

孝次郎は一瞬すべての言葉が消え去ったように呆然としたが、ただ大変なことを仰っていただいていることはわかった。それと吸いこまれてしまうような感覚に耐えねばならない。

「どうした、なぜ黙っておる。わしのもとで働くのに何か不足でもあるのか」

「いえ、滅相もございません。まこともってあり難きしあわせなお言葉に存じます。されど、されどわたくしは商いをもって身を処してまいりたく、商いが好きでございます」

　孝次郎はここまで言って胸が締めつけられるのをどれほど感じたか。武士になりたくないということを口に出すことは勿論、そのことをその思いを少しでも覚られてはならない、苦しくとも絶対にだ。武士になり戦に勝って、また勝って恩賞をたまわり、やがて一国一城の主になることを目指す、これが普通の進むべき道とお考えのはずだ。

「このたびも、お殿様の陣内で少しでもお役に立てること誠にあり難きしあわせでございました。わたくしの商いはお殿様と決めております」

「そうか、それほどまでに商いが好きか」

「はあい。堺に住み、同じ商いの仲間と接しております。続けとうございます」

「よし、さがってよい。達者で暮らせ」

　羽柴さまのお姿を仰ぎ見ながら後ずさりを繰り返し、その場を辞去した。

　陽が落ち、孝次郎が興奮も覚めやらず店じまいについて保吉と話し合っていると
き、眞鍋さまがお越しになり、極度に緊張したが、眞鍋さまはすぐに、

「運のいいやつ。殿の申し出を受けなかった者を、わしはほかに知らんぞ。明朝ま

とめてとりに来るようにな」

それだけ言って厳しい顔で気忙しそうに去っていかれた。

保吉がめずらしく尋ねた。

「いいお話でも」

「保吉。本当にご苦労だったね」

と孝次郎は心からねぎらう気持ちで返した。


堺に帰った孝次郎は、商いの成功を素直に喜んだ。羽柴さまが姫路に凱旋されたということも聞いた。そしてこの堺で南蛮はじめ外国との商い、貿易ということも頭に描いてみた。金や銀で取引決済するような本格的なものも浮かべてみたが、すぐに織田さま羽柴さまのことを思い打ち消した。羽柴さまは、休む間もなく打って出られるであろう。孝次郎もまた休む間もなく羽柴さまの情報を得なければならないのである。

二、国を鎖す前

白粉の少し汗ばんだにおいが心地よい。千賀四郎（ちがしろう）は、久葉夫（くばふ）の色白の肩を少し遠慮がちに、しかし力を込めて抱き締めた。そして首に懸けているものを見て言った。

「その誇らしげに懸けているのはロザリオというもんじゃないのかい」

「もらったのよ。つけてほしいって。だけど、関係ないのよ、私は、まるっきり関係ないのよ」

「そうだろうよ。気をつけたほうがよい」

「お仕事の鋳物工はうまくいっているの？」

「ぼちぼちってとこさ。ううんと儲けて、お前にいい話でもできればいいんだがな」

豊臣秀吉が行った伴天連追放令にくらべて徳川幕府の禁教宣告は、キリシタンは重大な法令違反として殺さずに苦しめて棄教させよというのが基本であった。ところが厳格化が進んでいく。

一六一四年二月一日、二代将軍徳川秀忠が南禅寺の住職金地院崇伝にキリシタン禁教令を書かせた。

一六三七年末に島原で乱が起こった。

そして、キリシタンへの弾圧が厳格をきわめる一六三八年十月二十日（寛永十五年九月十三日）、幕府はキリシタンを訴えた者に報奨銀子を出すという触れを立札した。

覚え

一、ばてれんの訴人　銀子二百枚

一、いるまんの訴人　銀子百枚

一、きりしたんの訴人　銀子五十枚

「ばてれん」は宣教師（神父）、「いるまん」はバテレンに次ぐ宣教士（修道士）、

「キリシタン」は信者のことである。

千賀四郎は子供の頃、叔父に連れられて刑場へ行ったことがある。黒山のような垣づたいの人々の頭越しから見ていたが、突然叔父が狂わんばかりの形相で私を放りなげた。起きあがった千賀四郎は泣き叫んで猛烈に立ち去りたがった。

禁教令の主旨は、日本で「邪教」を弘めて自分たちの手で国を領有しようとしているとか、「神国・仏国」の日本の信仰・道徳・法に反し非道の行いをしているのでけしからんというわけである。実際としてもちろん、侵略的な発想に走りやすい人もおり、戦好きの人もおり、商売に一生懸命だった人もおり、純粋な宣教に徹していた人もいただろう。

千賀四郎は刑場見物から家に帰って三日間うなされて起きられなかった。しかし、うなされてはいるが、時折不思議なものが浮かんでくるのである。それは刑場で苦しみ虐げられている人々が聖母のような人に抱擁されて乳房に吸い込まれていくような様子なのである。涙が溢れ出て止まらなかったのを覚えている。

一六三八年十二月（寛永十五年十一月）、千賀四郎の家に奉行所から使いが来て、「折り入って頼みたいことがあるので、まかり来るように」と伝え帰った。千賀四郎が恐る恐る出頭すると、奉行付与力が要件を述べた。

「そちは、鋳物製作の腕前はたいへん優れておるらしい。奉行はそちに青銅の踏絵を作ってほしいとおおせられる」

「踏絵と申しますと」

「そうじゃ、キリシタンを徹底的に取り締まらなくてはならぬな」

与力の説明は丁寧であった。最初の頃は、キリシタンとおぼしき者の名を書き連ねた用紙をつきつけ、おのれの信じる宗教を示せよと命じ、そして○印をつけさせた。名前の上に○印をつけた者は棄教者とみなし、下に○印をつけた者はキリシタンとみなすという簡素なもので棄教させるということにすべて重点がおかれていた。それが寛永年間へと進むと踏絵というものがあらわれて、白黒させるという手段に使われている。しかし、その踏絵も今使っている紙製のものでは効果が薄いということがわかってきて、信者に胸せまる迫力のあるものがどうしても入用とおおせなのだということである。

「どうだ。引き受けてくれるな。礼は十分にいたすとおおせだ」

千賀四郎は、どえらい仕事を背負わされたという驚きと、久葉夫を喜ばせてやりたいし、また腕の粋をかけてみたいとも思った。

その夜、早く知らせたい気持ちが募り、久葉夫に会いに行った千賀四郎に対し、

「それはたいそうなお仕事ですね。どれだけ参考になるかはわからないけど、いえきっとたいへん為になると思うから、私にロザリオをくれた永次郎という人に会ってみるといいわ」

「うんといいものを作って、奉行に認められりゃ、お前と一緒になってもいいと思っているんだよ」

「うれしいこと言ってくれるよ、ほんとにさ。そういうことを聞いただけでも満足ですよ。明日の夜、亥の刻に会えるようにしときます」

明晩、まだ明るい灯の入った久葉夫の店の前で出会った千賀四郎と永次郎は、永

次郎が、

「何も口にしやせんように、あっしに離れずついてきておくんなさい」

と手を両手に握り、諭した上で、歩きだした。

永次郎が行った先は、竹藪をぬけた雑木が茂る目立たないところにある廃屋のようなちょっと大きな納屋だった。入口は裏手にあり、知っている者しか探りあてられないような戸を少し開けて、中の人と一言、二言話し終えると、千賀四郎を引き寄せるように内に入った。そして、目の前にある戸を開け少し進んだと思うと、急に視界がろうそくの光の洪水の中に入ったようだ。美しい歌声が聞こえてきたようだ。

「アヴェ・マリア……」

「天にまします……」

千賀四郎はその晩、どうして家に帰ってくることができたのか覚えていない。ただ、家に帰ったその夜、刑場を訪れて、逃げ帰った夜に強烈に浮かんだ聖母の抱擁に包まれて乳房に吸いつけられる感覚と映像は同じだと思った。

千賀四郎は励んだ。夢中になって製作に励んだ。何故か自然に聖母が後押ししてくれているようだ。そして、一つ目、二つ目と十三個目に取りかかっていたとき、奉行から使いが来て、「どうだ、できているものがあるか、奉行はたいそうお急ぎで、あれば即刻に持ち帰れ」と言っておられると詰め寄られる始末で、持ち帰っていった。

そして、千賀四郎が次の製作へ取りかかった間近に、奉行から今度は奉行付与力が来て、「なかなかの出来で奉行も喜んでおられる。貴殿に言うべきことではないかもしれないが、貴殿が作った踏絵は真に迫るものがあり、キリシタン摘発には今までにも増して効果がよう表れている。奉行からも、そのつもりの報酬があるものと心得よ」

「身にあまる光栄でございます。ますます精を出しまする」

それから十日ほどたったある日のこと、千賀四郎は随分、間があいてしまったなあ、無性に会いたくなり、またやけに気になり、久葉夫に会いに行った。それが驚くべきことになっていたのである。店に近づいたところで、店から久葉夫が血相を

変えて走って来て、いきなり、

「お前さん逃げなよ」と。

「なに言っているんだ久葉夫。お前と一緒になれることに先がみえてきたので、その前祝いにでもと思ってやってきたんじゃないか」

久葉夫が言うには、こうである。

奉行の手の者が、千賀四郎の家に行ったが留守で、かねてより、いい仲として知れていた久葉夫の店へ、先程やってきて、帰ったところだという。

「奉行はわしの作った踏絵が出来がよくて、自らの成績にも大いにはくがつき有難がっているのは絶対間違いのないことだよ」

ところがである。千賀四郎の製作した青銅の踏絵は、キリシタン摘発に多大なる効果を発揮しているが、その製作者である千賀四郎そのものがキリシタンにちがいないと言う者が大勢いて、奉行も、その声を無視できなくなり、捕えて詰問しようということになったというのである。

「久葉夫。わしが何故、逃げなけりゃいけないんだ」

「だって、あんな精巧な踏絵をこしらえられるのは本物のキリシタンにちがいないからとこだわるのよ」

「何言ってるだよ。わしは、お前のことを思って、それにわしのわざの粋をかけて誠心誠意に作ったまでよ」

久葉夫は、自分はこの先たかが知れた人生だから、どうでもいいけれど、立派な腕前をもっている先の大事なあなたさまは、ここを逃れて、無駄にはしないで、と言いはったが、千賀四郎は、久葉夫を強くきつく抱き締め、なりゆきにまかせることにした。絶対に離れたくはなかった。

寛永十五年九月十三日の幕府がキリシタンを訴えた者に対する報奨銀子を先に示したが、さらに、たとえば仙台藩では、
一、伴天連の訴人　黄金十枚
一、いるまんの訴人　黄金五枚
一、きりしたんの訴人　黄金三枚
とはねあがっており、いかにキリシタン狩りに精を出したかがわかる。

奉行所での詰問の中で、千賀四郎と久葉夫は、互いに確認しあった。出会った当初は思わなかったし、感じたりもしなかったが、時がたつにつれて、お互いをキリシタンと思うようになったと。二人とも洗礼というものは受けていない。刑場に送られるのがいつかはわからないとしても、二人で命あるかぎり、いつまでも手を取り、助けあって、一緒に聖母の抱擁の中に堂々と生きようと思うのである。

世はまさに、俗にいう鎖国が完成したときであった。

三、野洲川

〔一〕

「富士の粧」と紫式部が形容した近江富士こと三上山が東海道からも中山道からも落ち着いた姿に見える。

三上山を領内に持つ三上村が譜代大名遠藤家の所領になったのが元禄年間である。三上藩藩主遠藤胤統は江戸定府の大名でこの天保十三年当時若年寄の要職にあったが、在国の家来はごく僅かであった。

平野八右衛門はその十名そこそこの家来のうちの一人で年齢は四十二、三上藩の郡方と代官を兼ね、禄高は五十石であった。

八右衛門にとって、この天保年間に入っての時代の変わりようは、将来への不安を増幅するばかりであった。天保二年外国船が東蝦夷地に渡来し上陸する。凶作が相継ぎ大飢饉の追い撃ちをうけ、天保七年には徳川治世中、直轄領からの収納米高が最低に達し、天保八年米価の天井知らずの騰貴となり、多くの餓死者がでて、近江でも瀬田の唐橋から窮した民が身を投げるという事態となっていた。八右衛門は改革に期待した。仕える藩主遠藤様が要職にあり、そして天保五年に老中の首座に就いた水野越前守忠邦の理想が大きいと察せられたからである。

学問好きな八右衛門には自ずと好学な村役人や同僚との絆が育ってきていたのである。その中でも三上村の庄屋土川平兵衛、そして三上藩士の岡村権三郎はたがいに気心が通じ合う仲であった。また学問好きな庄屋仲間は、寺子屋での読み書きを充分に勉強を重ね、師につくということはなかったが、近江の思想家中江藤樹の教えに共鳴していった。藤樹があらわした『翁問答』や『鑑草』などといった本も読まれていたのである。

ここで「検地」について触れておこうと思うが、検地とは何か、中野等が著書

『太閤検地』で引用している中村孝也著『近世農村社会史』にある次の整理事項が参考となろう。

一、境界線を画定し、地域を明確にすること。
二、当該地域内の土地面積を測量し、反別を決定すること。
三、地質を吟味し、田地の品位を別ち定めること。
四、石盛（一反あたりの田一箇年の収穫米の量を何石何斗で表す）を定めること。
五、石高を定めること。
六、一村の総地積（田畠総面積）並びに総石高（収穫米予想総高）を決定すること。

村の規模確定と村高（村の石高）決定にありというわけである。そして検地帳には個々の耕地方・屋敷地ごとに一人の名前（場合によっては寺庵の名でもある）が記されていて、「名請人」と称されるもので、検地の結果をうけて、経営の責任と年貢負担等の義務を課される。そしてここで機能するのが、「村請制」といわれるもので、村のみが法人格を付与されて年貢や諸役の責任を負い、個々の百姓の年貢の滞納（未進）があったとしても、その責めは村全体に帰するというものであった。

村・郡・国という単位が、それぞれどの程度の「富」を生み出すのかを数値として把握するのに意味があった。その「ものさし」となったのが米である。当時の米はもっとも需要の高い商品であり、一方で安定した貨幣としての役割も担っていた。大事なのは統一的なメジャーとして期待された米の容積すなわち「石高」だったのである。

十月に入ったある日、八右衛門は三上の陣屋で岡村権三郎と真剣な眼差しで対座していた。目の先には三上山が落ち着いた静寂さを見せている。麗姿といってもいい。

「近江の見分もいよいよお隣の小篠原村までできておりますな」

権三郎は今、緊張をもって、頭を悩ませている問題を話題にした。八右衛門は権三郎の顔をじっと見ていたが、すぐには応えず、眉に手をやりながら口を開いた。

「だいぶお困りのようで」

「幕府のことですか」

「今度の見分は公儀直々とあって、是が非でもという強い意気込みが感じられるので迎え入れる側もただただ大変でございます」
「惣百姓たちも疲弊しているうえに、なんと言っても、ここまでの経緯を身をもって知っていると思われますゆえ」
「この近江に市野殿が入ってこられてからのことを商人筋などからも聞いておるが、庄屋ほか村役人らも命懸けといった態であたっているそうな」
「この三上には」
「普通ならそこまで来られているゆえ、次かもしれん」
「ご心配でございまするな」
「殿がおいでにならないわれらこそ、藩を守り、陣屋をしっかり守っていかなければなりません」
「先月に庄屋仲間の大きな集まりが開かれたと聞いておりますが」
「肥物の値段が騰貴してやまないので引き下げを、と、京都の奉行所に陳情する、という趣旨だとは聞いておりますが」
「市野殿の一行の見分中との事態の中でのことであり、実際のところというご心配のほどは」

「平兵衛やその仲間たちゆえ、物わかりのいたってよいことは知られている。あまり案ずるはどうかな」

八右衛門は自分に元気を与えるような言い方をして、きっと市野殿の一行が無事この村を通り過ぎていってくれると思いたかった。

近江の見分には、かねて正体の知れない江戸の町人が、名を押し出して入れかわり企て強行するということがあった。幕府が江戸の町人の願いをそのまま容れて、前後二回にわたり見分させるという村々を驚かせ、困窮させ、そして恐れさせ、怒らせたことがあった。今回の公儀じきじきの派遣についても、しつように狙いをつけた検地のがむしゃらな強行なのであろうか。

この年の前年の、天保十二年十一月に数百カ村の庄屋たちを京都二条の西町奉行所に呼び出し、今回の見分は幕府直接の計らいであり、愁訴や嘆願は一切ゆるされないのですよと、固く一本、釘を打って口達していたのである。

市野茂三郎幕府勘定役を首班とする四十余名からなる一行が十三年正月ごろから近江に入り、気をもみ不安でいっぱいの村々を見分する様子は三上村の土川平兵衛や三上藩士平野八右衛門にも伝わった。分断された村々を掻い潜って商人が手際よく伝えてくれていたのである。

幕府派遣の役人の顔ぶれは、市野茂三郎の外に、普請役大坪本右衛門と藤井鉄五郎の両名、介添役には江州信楽の代官、多羅尾久右衛門の手代柴山金馬と、同大津代官、石原清左衛門の手代山下五四郎、京都奉行の組同心、柴田清七・上田栄三郎ら、外に絵図師・医師・竿取り・縄引き・槍持ち・草履取りら、総勢四十余人を数える一行であった。

公儀御公約のこれだけの一行を受け入れるということになると、村々の迎えかたも大変である。盛り砂や布砂はもちろんのこと、諸々の改造や修築など村中挙げての大騒ぎともなった。

今日も三上山は緑に包まれ落ち着いた姿で、近江で最も大きい野洲川の近接に座している。信長・秀吉へと地域の山林支配がなされ、秀次が八幡山に入ったときに、三上山もその支配に入り、山奉行を使って山年貢が負担させられた。徳川の幕府下では山林保護の留山の支配を受けることになるが、徳川秀忠が大坂夏の陣に勝利をおさめ江戸へ下向中、三上山の荒廃にふれ山に植林をし保護するように命じたことは記録にのこっている。

八右衛門の陣屋勤めも三上山の緑をいつも眼の中におさめる角度で進んでいる。このときも権三郎が横に坐っていたが、姿勢を直すようにして話しかけた。

「市野殿は今、小篠原村でございますか」

「あの山一つむこうにおられるということになります」

「ここへきて市野殿の一行の見分には、はっきりと特徴がでてきています。聞くところ多く、知らせも多くなっている」

「なんとも驚かされるわい」

「上役への点数かせぎに相当あせっているのでしょうか」

「道理にあわぬと知りながら、この村からは何石、あの村からは何石打出しをと、あらかじめ計算でもって額を定め、庄屋にこれを承諾させ印を捺させようとしているようでございます」

「見分するぞ。ついては下付された将軍の朱印状の権威がここにあるぞと」

「それにですよ。行き過ぎた接待になり、贈賄を余儀なくされているところもあるそうです」

「千余両を袖の下にして、尺土(しゃくど)の見分もうけないまま、一行を見送るということに成功したところもあるという」

「けしからん。それでは市野殿の命ずるところの要請に対してこれを受けざるときは」

「もちろん実地検分を厳しく行う。異存はあろうほどはなかろうとな」

「そこで例のやつですね」

「そう、うわさには聞くが、そういう検地の道具が本当にあるとは驚かされるわい」

　二人の三上藩士が驚く検地の道具というのは、土地の反別を測定する間竿のことである。それは五尺八寸の短い間竿に正式の六尺の一分の目盛をしたもので、堂々と目につき易いところに並べられていた。太閤検地の間竿は、六尺三寸であったが、徳川の代になって、それを六尺〇一分に縮尺し、方六尺〇一分を一歩、三十歩を一畝、十畝を一反と勘定していた。謀略ともいえるこの短い竿で測られると、一反について二二坪も面積の数値が増し、よって賦税・課役の対象の増加となる。これが子々孫々つづくと思うと惣百姓たちにとっては身の毛がよだつことだったにちがいない。

「このおどかしは効くでしょう」

「なんと申したらいいか。本当に困ったことでございまする」

「それとですね。わが藩のような小さなところは、実に歯痒いこと」

「彦根さまのことでございましょう」

「市野殿の一行をさして、『茂三郎のきらいは尾張大根と彦根かぶらに陸奥の魚なり』などと囃しているとか」

「大藩には緩く小藩には厳なるをもってですか」

「苛酷なことよのう」

近江には一村に二人以上の庄屋が置かれている「相封」という村が多く、今、市野茂三郎一行が入っている小篠原村では仙台藩の領分と旗本斎藤摂津守の分、すなわち大名と旗本の「相封」となっている。

市野一行は、その性格上、尾張藩・仙台藩・彦根藩の領分は素通りにしたのである。尾張藩では当方の領地は当方で検量して幕府に報告しますからと、仙台藩も同じように主張する。彦根藩では、前に測った権現さまの指に文句をつけるのかと突き放され、一歩も踏み込めなかったという。また京都の公卿の所領を通行するのに、使いを京都の広幡殿に出し嘆願してやっと通行したということもあったのである。

「不公平きわまる」

「そう思うのは当然でございましょう」

「小篠原村からは連絡が入っているようでございますが」

「斎藤領の庄屋の沢口丈助から知らせがあった。市野の一行は仙台領には一指もふれなかったが、斎藤領に対しては厳しい態度でのぞんだらしい」

「それで丈助はどうでたのですか」

「頑として譲らず、目測と勘による見分を拒否して実測を要求したのだそうです」

「意表をつかれたでしょうな」

「これをさけるわけにはいかない。しぶしぶ着手することになった。だが測量はなかなか捗らないらしい」

「ここの見分は時間がかかるでしょうか」

「まったくあてが外れて、慌てふためいているでしょうから」

　実測を要求した丈助には、三上村庄屋土川平兵衛と市原村庄屋田島治兵衛らの主導する庄屋仲間の集まりが、彼の心に大いなる強い決意を固めさせていたようである。

ついに市野は実測三日にして、小篠原村の検地を後日にゆずると言い渡し、早速に隣村の三上村に入っていくことになる。

ひどい目にあった市野の一行は、三上村の宿所を、大庄屋大谷治大郎の邸宅にとり、そこを本陣ということにした。彼らは、小篠原村で受けた面子の失墜をいっきに挽回しようと何かにつけて横柄に振る舞った。そういった中に、接待におおわらわの庄屋土川平兵衛の姿があった。平野八右衛門とは、日頃から親しく気心が通じ合う仲でもあった。平兵衛には「いま一息の辛抱だ」との思いが強くあったし、八右衛門や権三郎にとっては、まったく予想もつかない展開となるのである。

それは、あの庄屋大会が大きくものをいっていた。土川平兵衛はまずその準備のためにどれほど奔走したことであろう。暗い夜道をもどれだけの距離を歩いたであろう。そして、庄屋とはどうあるべきかということなど反省を重ねた上で、話し合いがもたれた。現在進行中の天保の改革についての話題も入っていたかもしれない。半月前の庄屋大会は二つの会場で開催されたのである。水口宿の会場には、七十余の村々の参加があり、市原村の田島治兵衛が司会の役を務めた。一方の野洲・栗太の大会には、見分の予定される六十余カ村からの出席があった。

　主宰者は土川平兵衛であった。小篠原村の庄屋丈助の姿もあった。両会場とも結論は、主催者側で用意した線にまとめられた。すなわち、三上村の本陣に市野茂三郎を訪ね、京都の奉行所への嘆願書、もちろん現に進行中の見分の中止を申し入れたものを差し出し、聞き容れるように願い出る。そしてその決意のほどを示威するため、甲賀のものは横田川原に、野洲・栗太両郡のものは、その下流の野洲川原に待機し、代表が直接市野に村々の要求を突きつけるというものである。所願が聞き容れられなければ、市野の本陣になだれ込み、その先は臨機の行動をとることになるとのことである。会場は主催者の予想をはるかに超えた危機感で充満していたのである。

〔二〕

三上山麓を震撼する事態が起こった。

横田川原に集結した甲賀郡の群集は数千からやがて二万に達し、手に手に竹槍や棒切れ、鋤や鍬や鎌などを携えて、口々に市野の本陣を包囲せよと怒号している。そして野洲・栗太の野洲川原の群集と合流し、ついに四万を超えるにいたった。十六日の昼前には、三上全村を包囲してしまったのである。十五日からこのときまでに指導者たちは、二つの大きな教訓を得ていた。ひとつは横田川原に集結する群集の一部が、数軒の庄屋宅を襲い、手当りしだいに破壊活動を行ったことである。検地の下調べに動員され荷担したことによるものだという。このような本来からすれば脱線してしまった行動には大いなる負の面があったということ。もう一つは、東海道筋の行く手をさえぎる警固の藩士についてである。あえて乱を構えるつもりは毛頭なく、迫り来る飢餓ゆえにやむを得ず御公役、市野茂三郎殿に愁訴せんがため、一同まかり出る次第である、との申し開きに対して警固する藩士たちは警備を解くにいたったのである。地元の武家社会に寛容の態度を感じることができたことである。

遠藤家には、同家の領分に属する甲賀郡の朝国村と植村の両庄屋から急報が届いた。事情は察した。すぐさま平野八右衛門が市野茂三郎の本陣、大谷宅に駆けつけた。

「市野殿、もはや一刻の猶予もなりません。御朱印そのほかの荷物に万一のことがあっては取り返しがつきません。是非ともまずは、わが遠藤家に難を避けられたし、われら陣門を固めお護り申しあげまする」

「なに公儀を軽んずる百姓どもの狼藉にそうやすやすと屈してなるものか、一喝してくれようぞ」

市野はあくまで群集が神妙にいたすであろうと居丈高でいたが、鉦や太鼓の音があたりを支配し、その口々からでる声は市野を後ずさりさせるに充分であり、身に迫る恐怖を感じさせた。

一切の実情を知る八右衛門には、自分に寄せられている期待を痛いほど感じ取っていたし、何としても穏便に処理したいと心から願ってやまなかった。そして、必死になって一揆側との折衝にあたった。しかし、市野らは群集の果敢な申し出に完全に浮き足立ち、冷静な対応などできる状態ではなく、一揆側を静めるということになると市野自身が一札を与えるより外に方法がないことを示唆するにいたった。

そこで、「再び野洲川筋見分の儀は為相見合候事」という一書を託されたのだが、これには肝心の印形が欠落していたということで手間取ることになってしまい、群集の不信が暴発することとなり、本陣に乱入するという事態にまでなってしまった。そこにあった公儀の御用物も残らず破棄され散乱するという中、八右衛門は急場しのぎに、一時市野を三上山中の岩穴に保護した。

右往左往と睨（にら）み合いの時間を費やしたが、先刻の手違いを繰り返すことなく、一揆側の言い分なりに、市野らは屈服することになった。

一　今度野洲川回、村々新開場見分之義に付、願筋も有之候間、十万日之間、日延之義相願候趣、承届候事

天保十三年寅十月

市野茂三郎（印）

石原清左衛門手代

山下五四郎（印）

多羅尾久右衛門手代

野洲川筋の見分は、十万日の間これを延期する旨の証文であった。

野洲川筋村々惣百姓共之

柴山　金馬（印）

〔三〕

平野八右衛門に、吟味の筋あり早々に大津表に出頭するようにとの急使が来た。その年の十二月二十二日のことであった。

八右衛門は、うなり声をあげ、空を見上げ、三上山に眼を移し祈った。「お尋ね」ならばともかく、「御吟味」とはなにごとか、たとえ小藩とはいえ、留守をあずかっている責任と江戸にて要職におわす殿に微塵も恥ずかしくない堂々とした気概で胸を張って大津にまいろうぞえ。

そして八右衛門は二十三日の昼過ぎ、大津の代官所に出頭した。丸腰で白州にみちびかれ、指示に随い控えると、幕府が派遣していた勘定方留役、関源之進と戸田嘉十郎の両人が出座して、いわゆる「吟味」が始まり、型どおりの訊問につづいて、騒動の一部始終からそれに対してとった措置そのほか詳細まで聴取されたが、事おこれる通り誠実に述べ、いらぬ感情はくれぐれも慎んだ。

これより先、一揆の主だった人々が逮捕されるのは騒ぎから間のないことであった。すなわち、甲賀郡では、十月二十二日、市原村の田島治兵衛にはじまり一両日で百余人が、中仙道筋でも三上村の土川平兵衛をはじめ二十余人が逮捕された。

そして、これらの百数十人は、京都二条の獄舎から、幕府派遣の関と戸田が着津してすぐに大津に移送され、白州の調べも拷問も連日苛酷をきわまり、責め殺される者が、次から次へとでたのである。拷問責めの調べが一段落すると、とくに重罪と認められる十二人を江戸に護送して北町番所の白州にかけることにした。この十二人は、何としても江戸まで行って自らの思いを打ち明けたい、それまではどんなことがあっても生き延びたいと悲痛なる魂をふるいたたせて頑張る者たちであったし、その中には、三上村庄屋平兵衛と市原村庄屋治兵衛の名があった。

江戸北町番所の大白州で土川平兵衛は次のような最後となる供述をしている。

私どもは、このたびの御検地をもって、公儀の思召しとは、かつて信じない。なぜなら、仁保川筋にご着手以来、御公役には相応しからぬ所為のみ多く、上に不忠にして、下に害を与えるばかりである。その巨細を申し上げると、市野殿は自分の推測によって、空地何町何反と、まず概略の反別を定め、これに村受けの印を取り、石盛を施し、さらに冥加金の名義で、その地に法外な高値をつけて、売り戻すと強談に及ばれ、村方が承服しないときは、いたずらに日を費して、雑費を貪り、故意に村方を苦しめ、果ては十一尺六寸の竿に、十二尺二分の目盛りを施し、これを二間竿と称して、本田にまで測量を始め、竿ちがいの余分をば空地とみなして、新規に石高を付け、地代金を強要し、あまつさえ百姓を脅迫して、見舞金の名目で、金銀や物品を出させるなど暴戻（ぼうれい）いたらざるなき有様である。これをもって、検地条目をいただき、御仁政に奉仕する御公役と申されようか。

かつ市野殿は、尾州・仙台・彦根三藩の領地には、毫も手を下さず、不可解至極である。ご疑念あらば、三藩の御領地村々をご吟味になられたい。事実はただちに明瞭であろう。

また三上村から、甲賀の菩提寺・正徳寺・岩根の各村に至るには、南桜村を経るのが順路であるが、同村は京都の公家広幡殿の領地のため、村民はその威勢を恃み、市野殿にはその地先さえ踏ませなかった。やむなく京都に使者を立て、広幡殿に嘆願して、ようやく地先の通行を許されたといわれる。大藩や公家に気兼ねすること、このごとくであるのに、ひとり旗本や小藩の領分に対してのみ、強いて苛酷な検地を行い、民財を貪ること、かくのごとくである。天下の公役たるものは、公平無私であってこそ、民心を服せしめるものと、堅く信ずる。そもそも、去る丑年十一月、京都の町奉行から、私ども召し出された際には、御料・私領の別なく、村々の地先の空地、堤外寄り洲の、新開となるべき場所にかぎり、御見分仰せつけられるとのお達しであり、その旨のお請け書を、差し上げたことである。本田御検地のお請けは、各村とも、未だいたしておらぬ。市野殿の御検地は、お達しの趣旨に戻り、大いに名分を偽り、民を困窮させ、天下に禍を致す、盗賊の所業に外ならない。よって村々の人民を集め、鼓を鳴らして、この盗賊を追い払った。一揆徒党を企て、あえて御公儀に敵する所存は、毛頭ない。以来かかる民賊が、公儀の威を藉り、みだりに天下を横行せぬよう、希(こいねがわ)くは御保護をいただきたい。

平兵衛は十二挺の鶤鶏(とうまる)駕籠(かご)の一つに押し込められて、江戸着の上、発頭人として取調べを受けていたが、最後の供述をした後、十四年四月二十五日の牢獄の中で死亡した。時に四十三歳であった。

平野八右衛門は、口惜しさで胸がはちきれんばかりに煮え返ることもあったが、大津代官所に召喚された者が約二千人にものぼるこの大騒動を思うとき、目の前の近江富士に、静かに落ち着いて冷静でいてくれと願い祈った。そして、土川平兵衛との在りし日の会話を想い浮かべていた。

平兵衛はよく言っていた。

将軍、大名、武士、農民、馬方など、かかる職業のちがいはあっても、ひとつの生命の根源（太虚）から生まれ、しかもおなじ無価の宝珠をもって生まれた人間という、その本質からみれば、なんら人間それ自体に尊卑のちがいなどは、髪の毛一本のちがいさえもない。

そして、さらに言う。

庄屋の職分はかかって百姓を護ることにある。身を挺して、百姓の難に赴くのは、すなわち職分に忠なるゆえんであろう。しかるに庄屋は、平素職給を受け、村民に対して、しばしば驕慢である。いたずらに奸吏の横行にゆだねて、民衆をかえりみない。にもかかわらず、民衆はその無情を怒らず、またこれを忌避することをせず、むしろ門前に跪座して、哀願する。つまりは力に強弱の差があり、身分に上下の格式があるからではないか。庄屋たるものは、大いに愧じて、猛省し、百姓を護るために、その任を尽くすべきである。

近江富士と慕しまれる三上山の麗姿がくっきりと陽の沈んでいく空に浮き立って見えている。そして、その姿を野洲川の水面がしっかりと捉えていた。

四、雷鳴

山科

めずらしく正月前の年の瀬にこの冬はじめての雪が降った。

その翌日、美信(よしのぶ)は妻の志保子を伴って、年末の挨拶をするため柿元家の墓へやってきた。美信の身体の具合がちょっと思わしくなく閉じ込もりがちな生活をおくっていたが、昨日から気分が晴れたように思い、すっきりとも感じたので志保子と相談して例年よりは少し早めだと思うがお参りにきたのだ。

ＪＲ琵琶湖線の山科駅を線路沿いに京都方面に向かって二百メートルほど歩いた角を折れ、斜めに進み自動二輪車がやっと通れる細い路地を抜けると左手に「月天照寺墓地」と袖看板が掛かっているのが見える。勝手知った段取りで、バケツに水を一杯にくみ、柄杓と草刈用の鎌を二人で持ち分け、柿元家の墓の前へと進んだ。

昨日の雪がまだ墓石の下の方と、区画内の土に少しだけ残っていた。志保子が段取りを進めているのを見て、美信は、今朝の朝刊に、山科大石神社への出発に向けて気勢をあげる義士祭の義士の姿がＪＲ山科駅をバックに写し出されているのが載っていたとふと思い出した。年に数回のお参りすべきときに二人そろってこうしてちゃんと挨拶できることを有り難いと思いながら、美信は志保子が差し出してくれた数珠を受け取り、手を合わせた。目の前の墓も、けっして立派と言えるものではない。数年前か、いやもう十年近くにはなるだろうか、美信と志保子が話し合い新調した。それは、お寺の住職が交替したときと重なっていたと思う。新しい住職は、今までとは違った独自のカラーを打ち出して檀家をも巻き込んだ前向きな対話路線をとなえる人であった。またお寺の名にあやかるような明るい見識の広い内容のお話をなさる住職でもあり、一面では芸達者な人気者の顔もおもちであった。ここに眠っているのは、柿元良作と柿元和歌子と祖父の柿元兵作郎と祖母の柿元和子である。そして、父の良作から何年にわたり、いや何十年にわたり話し聞かされてきたのが、祖父母のことである。父の良作は、とにかく祖父の柿元兵作郎のことをよく話した。時代の変化、時の流れ、世の出来事などとは、ちょっと違う次元で、そういったこととはまた別のこととしたような口ぶりで祖父の兵作郎のことをよく話した。それだけ話すことがよくあるもんですねと思えるほど熱心さがあった。そして、話してくれるその姿勢は実にやさしく実に誠実であった。美信は「今日はこれで失礼します。また参ります。よろしくお願いします」と念じるような姿を見せ、志保子が隣に並び出て数珠を手に合掌していた。

京

兵作郎（へいさくろう）は、四条西洞院にある呉服屋「富利屋」から我が住まいのある堀川六条へと向かっていた。

有り難いことです。この富利屋に奉公して三年、旦那さんにやさしく、そしてきびしく指導してもらって、目にもかけてもらってる。いつも思うことやけど尽くさなあかん。尽くさなあかん。さあてと、六条の住まいに真っすぐ帰ろう思うたけど、寄るまいか、どうしよう。まあ今日は疲れもたまっているし、昨日の飯の残りもあるし、それに徳江門さんも留守に相違ないだろう。

兵作郎は軽い思案の末、真っすぐ六条の住まいに帰ることにした。

残り飯を食べ終えたときは腹八分目で、いつもの習慣みたいなもので、畳の上に大の字で寝ころがり、今日の仕事の出来について考えをめぐらしていた。店が儲かり繁昌することはほんまに簡単やないなあ。延宝年間に創業され、地道にそしてさらに地道にと、富利屋が西陣他で織られた反物をごひいきの顧客に売り込み、もちろん仕立ててその人にあった着物にしてお渡しするのは当然なことであるが、無理な押し込み商法はとらず、誠の商いで、京の町では中堅の呉服屋としてとおしてきていた。近年は店頭販売にかたよってしまうことなく、大名すじから旗本にいたるまでの先への働きかけを強めると同時にそれらの家臣・町人宅などを直接に訪問して廻り、持参した反物についてこと細かく説明する。持って出た反物が売れ残って持ち帰るということがなくなるまで丹念に廻ることを重きにおくようにもなった。また昨今は、掛け値による販売は原則なしで現金取引を基本とし正札から何割引でという薄利の売り方をする店も出てきている中で、売り上げを維持し、お付き合いを考えれば自ずと掛け売りが増えるし、それなしではとうていやっていけるものではない。

兵作郎は十六歳のときから富利屋で働いているが、西陣の織工仲間に吉村作という人の手配の上手な親方がいて、腕のきくいい卵をみつけては名織工作家に育てあげることなどを仕事にしていたが、そこで習いの身として働いていた兵作郎に、「お前は色白で目鼻立ちがすっきりしている外見をもっているし織工というよりお客相手の商いのほうがものになる」と諭された形で紹介されたというものである。

最初の二年間は店と仕事に早く慣れ一人前への途へと修業の意味もあって、店の裏の蔵の二階の格子組みの垂木（たるき）の閃の一室に寝泊りし、所謂住込みでの勤めであった。商品知識の基本から、店頭販売の基礎、棚卸に関する手法、それから訪問販売の注意事項などをきびしく、あるときはやさしく教わったのである。その二年の住込勤めのあと、通いを許されるようになり、つまり六条の住まいからお店へ通うようになる頃には、旦那さんは流通の世界のこまかい点まで直接に教えてくれるようになったのである。そして、その分、店外での接触というものも増えて、たまたま気直しのために立ち寄った東洞院の居酒屋で知り合いになったのが徳江門さんである。

そして奉公三年を超えた最近、兵作郎は知識としてという点と発想したりする点に幅が出てきている自分自身を感じとっていた。店で覚えた行儀作法と反物をいつも整理していて教わった種類・見分け方などをいつも念頭において、顧客に親切と誠実をもって接する態度は、兵作郎自身の一人立ちへの感触を導いてくれそうな気がした。

六条

堀川六条の兵作郎の住まいは、「北山木」という材木屋の横を奥へと入っていった七軒つづきの棟割長屋の奥から二軒目である。そして、兵作郎が本当に心から親しく接することのできる明松が七軒の一番入口側に住んでいる。話していて、話しがいがあり、話してよかったなあ、話を聞いてくれて有り難うと思える人だった。仕事帰りに通ったときは留守の様子だった。もう少ししたら、のぞいてみよう。そして、まだ留守だったら今夜は床をしいて寝よう。兵作郎はぬれ手ぬぐいで顔・手、そして足をふいた。

明松は、木屋町松原の「中仙鶴」というお茶屋と料理旅館を兼ねたちょっと知られたお店の仲居として勤めており、時には着飾ってお座敷にはもちろん出るし、もり上げることも上手な方なのである。

しばらくして、兵作郎は明松の家に行ったが、明松は帰っていた。数軒先ではあるが、誰の目もなかったようだった。

「お帰りさんです」

「こんばんわ、ハワーユー」

「またかいな、気嫌はよろしいですよ」

兵作郎が数個しか知らないがその一つの異国語を明松に教えたときに、それを口まねして発していたが、気楽に使うようになっている。

「お店、ようはやっているみたいだね」

「忙しおすえ、ほんま、ようこれだけ続けてすることがあるなあと思うときありますえ」

「騒がしいことは」

「そら、うちらのお店、しんみりしてたら、世に悪おす。にぎやかにさわいでもろうて世によろしうおます」

「また、おんなじ話題になってしまいそうですし、ちょっと、まってね、あのうー、瓦（かわら）版に載りそうなことで、気になるようなことないですか」

「そら、うちらの言う話より、そら、たまに名前をお言いやす四条堀川の方のお話の方がずっとずっとためになるのと違います」

「あの方の話はためになるというとそうかもしれませんが、ちょっと心を入れて聞いたら、真剣になりすぎるぐらいです。固くなってしまうこともある。ねえさんの話は、ほんと明日への元気になる感じです。お世辞でなく」

　明松は兵作郎にお茶を差し出し、少し顔を近づけて、

「どんな人でも油断できませんよ」

　と軽く手で兵作郎の膝をたたいた。

「そら、この頃の世の変化を見聞きしていましたら、そういうことも言えるでしょうけど」

「もともと、うちら生まれたときから、刀をさしている人とそうでない人の両方を見てきてますけど、とくにこの頃、刀をさしている人の動きがすっごく早くなって見えるんです」

「それで」

「それでて、おなごはんやいうのに、それにですよ、近衛家のお人でもうお歳やいうのに、ちょっと前から、獄へとか」

「そうですか、よう聞きますね。そういう、恐い話を」

「店に来てわいわい、にぎやかに騒いでくれはるのはよろしおすけど、なかには、急に、これから相談やから、呼ぶまで近くに寄ることはならんと恐い顔して言わはる」

異国船がこの国に頻繁に来航し、大砲を見せて、開港を迫り、それを認めずにはおれなくなって条約を結んだ結果、異国人が船で自由に来るようになった。そして船といっても軍艦のときもあり商船のときもあった。

「世間や巷で物騒なことが起こるし、そんなことが続いたりすると、勤めの商いにしても、どこかざわついているように思います。いっしょですよ。ねえさん。まだ伝え聞いているだけのことがほとんどですけど、その場に出会ったらと思うと。ところでねえさん、お店から、ここまでは、お一人で」

「同じ仲居の義野さんとひけるのがおなじで、東洞院六条までご一緒よ。心配してくれて、おおきに」

清水寺成就院の住職である月照という人が尊王攘夷を熱心に公卿に説いて勤王僧として名を知られていたが、悪逆とみなされ、追われる身となったという話も聞く。明松は、兵作郎がおやすみと言って出ていったあと、眠る前の一刻、思案した。

兵作郎がこの長屋へ住まいをもったのが一年ほど前のこと、年上のわたしに丁寧に慕うような感じで接してくれるし、ここでも先輩の住民の顔のできるわたしは、兵作郎との接触を大事なものとして、私生活の流れの中に認めようとしていた。明松はこの長屋に来る前に、一つの人生の「場面」というものを経験していたし、今もその流れの中から逃れられていないかもしれない。

「中仙鶴」に勤めて、四年が過ぎようとする頃であった。店に来てくれる回数が急に増えたお武家さんがいた。いつも一人でやって来て短い時間を過ごして帰っていく。忙しそうではあるが、身なりや様子から、ここへそう頻繁にこれるお人とは思われないので心配して気にもしていたが、急に来なくなった。その直後のこと、明松が用事で玄関前の道に出たとき、そのお武家さんが寄ってきて一枚の手紙を手渡して黙って急ぎ足で去った。明松が勇気をもって、またしかたなくその紙を開いてみると、ごつごつした文字で書かれていた。

「二人だけで、お話がしたいのです。明後日、八坂神社の石段横で縁日の店が開く前に、待っています。どうか来てください」と。

根っからお客様を大事にする性格でもある明松は考えた末、行くことにした。その時間をつくったのである。

それがきっかけとなって二人は急に親しくなり、明松が勤めの帰り、その人の家に寄るようになり、そしてその後二人は同じ屋根の下で暮らすようになった。その人は、長州の人で名を村松太一郎といった。松下村塾の塾生で、萩城下の松本村の出身であり、普段は全く無口で、ほとんど話さないが、塾長や塾友のことを口にすると、聞いているのが疲れるぐらい熱弁になる。そして、その熱弁の中で、声の調子が一段と高くなり、明松の耳にかならず残ったのが、「攘夷（じょうい）、攘夷」である。もともとすごく熱しやすい人だったらしく、熱気で近寄りがたいときもあった。しかし、一緒にいないとき、明松はいつも太一郎のことがすごく気がかりであった。

春雷の鳴ったあとのある夜、明松が勤めを終え、住まいに帰ると、太一郎はいびきをかいて眠っていた。明松が近寄ると酒気のにおいが激しくした。自分も疲れているし、起こすまいと静かにしていると、いびきが大きくなったり、またすやすや寝息に変わったりしていたが、突然に「聞いてくれ」と言って飛び起きて、手を握ってくる。そして続けて「孤独(ひとり)なんだ。孤独なんですよ」と。藩の人も塾の人も口では攘夷、攘夷と言って、私と同じことを言うが、いざ、攘夷とは、と、一歩引いて真剣に考えてみると一致するのが難しい。そんな毎日の連続の中から抜けだそうと、飛び出して京へ来たが、落ち着いていられることが少なくどうすべきなのかと考えると実に心苦しい。思いがふくらんでいくのと、焦燥と落胆の繰り返しでしんどくなっているんだと語った。明松は「そんなに思いつめんとおくりやす。まして、うちがいるのに孤独やなんて、これっぽっちもいわんといておくりゃすですえ。お願いです」と言って、太一郎に今夜は静かに眠りに就くことを勧めた。

翌朝、明松が目を覚ますと同時に知恩院の鐘が鳴った。すぐに太一郎に目を移すと、そこに姿はなく、かわりに一枚の書き置きがあった。そこには、

「攘夷の意味もわからずに、あなたを幸せにできません。申し訳のないことです。くれぐれも達者で、達者でな」と、乱れたけれども読みやすい文字で書かれていた。ところどころに涙のあとらしきものがあった。

それから少しして、明松は子を宿していることを知り、無事出産した。その子の名を太一郎の「一」の字をとって、一与とした。一与とは一日中ずっと一緒にいてやりたかったが、「中仙鶴」の女将のはからいで、若おかみの子の「民」と形の上だけの姉妹としてあずかり育てることにしようという恩にさずかる好運で有り難くお店にいて、顔を見ようと思えばいつでも見ることができるという距離にいさせてもらうこともできたのである。太一郎が消えて間もなく六条堀川の長屋に一人住まいをしたわけであるが、相当の決意をもって落ち着いた女性として生きていこうと思った。

ところがしばらくして悲報を聞くことになる。一与が小児性の心の臓の病いで急死したというのである。どっと悲しみがこみあげてきたが、太一郎の顔が浮かんできて苦笑した。長州の血は似合わんどしたどすえ、わたしには。それにしてもこの世の生に縁がなかったんですわ。一与ごめんね。この経験とこの身の上については、決して兵作郎には話さずに伏せておこうと明松は自分に念をおした。

京

幕府の中央権力というものにひびが入っていると映るようになったのは、異国がこの国の門を強打したからといった面だけではない。幕府が大都市の特権商人と通じ、全国内の市場を握り、また、独占的に国外市場を握る体制が不可欠な作用のように機能していたが、諸藩が領内の商品経済を掌握して、市場にそれも中央市場に打って出るようになると、幕府が市場全体を掌握するという思惑にひびが入り、苦悶することと多しとなるし、諸藩も諸藩で幕府のいいなりになることをより敬遠し、一歩も二歩も、そういう幕府からは遠ざかろうと指向するようになる。

その日、兵作郎は店内の旦那さん・番頭はんほかに挨拶をして富利屋を出たが、今日は六条の長屋にはまっ直ぐに帰らず四条堀川の徳江門さんのところに寄ろうと決めていた。

堀川には、底が見える程度にしか水が流れておらず、川べりには、柳の木がきれいに等間隔に植えられている。川べりの土壌を強固にし、末永く堀川の清水がたえないように工夫してあるのだ。

兵作郎は「徳おじさん」と声をかけたのに対し、中から「お入り」と聞こえたので、おじゃまさせてもらうことにした。

「突然まいりまして、よかったでしょうか」

「いや貴殿は最初会ったときから若いのになかなか丁寧で好感がもてるところをたくさんお持ちで、少々の無礼があってもなんのことはない、かまわんよ、のう」

「そう言ってくださいますと恐縮です。若いとおっしゃいましたが、当世、若い人がどれだけ学び、考え、悩み、そのあげく行動いたそうとしていると思いますけど、私なんかまったくと考えてしまいます」

「そうじゃのう。りっぱなことを言いなさる。あとでお歳を聞いてみるとですな。まったく当世、今まで何年生きてきたかといったことは、あまりいい尺度ではありませんと言いたくなりますなあ」

さてと、と言って、徳江門さんは奥の部屋に移るよう手で指図した。兵作郎には身近な交友の中で、この人のように学者然とした人はめずらしい。

徳江門さんは、ちょっと見せたいものがあると言って、大きめの巻き紙を拡げて見せた。

「徳おじさん、これは」

「これはだよ、地図だよ。それも異国が全部載っている地図ですよ。この国の東海道とか中仙道とか山陽道とか甲州街道とか、そういったこの国だけのものは見たことがあると思うがのう。これはこの国以外の異国が全部見られる地図じゃ」

兵作郎はそう言われて、目の前の紙面をじっと見た。吸い込まれるように、顔が少し近づいた。紙面にはこの国の文字でない字でうまっていたので落ち着かなかったが、いかに広いか、いかに多くの国があることになんだか言葉が出なかった。

「この国がどこかわかるかね」

兵作郎は、じっと紙面を凝視したまま、少しうなり声と同時に、地図上のある一点を指を立てて示した。

「よくわかったね。まさしくこの国じゃ」

兵作郎は、この国が周囲の海の中の島国であることはまずもって当然心得ていた。

「徳おじさんは、この洋地図をどうして」

徳江門はこう尋ねられて、近頃は異国の船が来航することが多くなり、それにともなってこの国の地に足を踏み入れる人の中には、宣教師といわれる人たちも数多くいるといわれる。そういう人の一人から手渡しでもらったものだよと。ただそれだけを言って、その事については、それ以上の話はなかった。

徳江門は、兵作郎に「お勤めはうまくいっているか。ゆっくりしていきなさいな」と間をとった。

そして、しばらくして、徳江門がきりだした。

「まだ少し興奮しとるようじゃのう。当世、この地図を前にして話しても、決して無駄とは思わんし、若い人にはとくに将来がある。そなたとの間柄を思うと話したいとも思う」

と言って述べてくれたのは、次のような内容であった。

アメリカという国が東からわが国に開港を要求してきた。いまの時代は広い世界の中心はイギリスという国である。天保年間の末期にあたる頃、アヘン戦争によって、お隣の国清国を市場とすることに成功した。その市場を重く考えた故、それよりさらにすすんでこの国まで迫ってくることをあえて選ばなかった。それがのう。西から来るイギリスは清国での権益、拡大を目指す途上における紛争と、クリミア戦争というものにまきこまれたということもあって、そこで止まり、この国に進出してくることになったのは、アメリカのあとじゃった。その間、アメリカは綿製品の市場として清国を有望と捉え、太平洋航路を設け、寄港地としてこの国を注視し、また捕鯨船の補給などの必要からも開港を迫るべく注目していたのである。

兵作郎は、徳江門が話している間、地図の紙面から目を離さなかった。

「ところで、この国の船もアメリカに向かって出帆したことは知っているかい」

「はい、店の旦さんから聞きました」

「異国の地に行ってみたいかね」

「それはそう尋ねられれば、はいと返事したいのですが、徳おじさんの話してくれる内容も実に興味深いのですが、ちょっと難し過ぎるように思います。そして、この頃の言葉について思うのですが、新しい言葉を耳にすることも多く、すぐにのみこむのが難しいと感じることさえあります。まずそれがある程度本当にわかることができなければと思うとります。本当に近ごろは、流れが速いです。しっかりしなくてはと」

「この地図が見たくなったら、いつでもここへ来るがよろしい。一枚のきれいな絵画と思うたら、頭に入りやすかろうのう」

そして、続けて、

「京に宣教師まがいの者がいるとはのう。時代もすすんだものよ。布教に京へ入った者が追い払われ、徳川の時世では、そういったものはすべてがご法度であったもんじゃからのう」

「すすんだとおっしゃいましたが」

「技も匠も、商いも、物資も。ほかはどうじゃろうかのう」

「だから、流れが速くなって、新しいことと今までのことが、重なって違いを意識することが毎日おきているみたいですね」

兵作郎は話の中に入ることができただけで、すっかり満腹気分になり、徳江門に礼を言って家を出た。

草津

美信と志保子は、昨年の暮れに、ご先祖さんへの挨拶をちゃんと済ませておいてよかったと、うなずきあった。年が明けて、もう世間に正月気分を感じなくなった頃、美信の具合がまた悪くなった。大きな病院で診てもらったことはなく、近所のいきつけの病院といっても町医者で、悪くなったらその都度診てもらい、診てもらっては治る、そういう具合でとくに精密検査を受けてどうこうするという状態ではないと思い込んでいる。美信本人も、ちょっと身体の調子がおかしくなると、自分は年齢的に老人性の症状が出るもんだとわかるし、老人という域に引っぱられないように努力していれば、若いときにせんど鍛えてあるから大丈夫だよと言って強がりをとおしている。尿意をもよおし急ぐ回数が増えたり、外出時に呼吸が荒くなったり、突然にせき込んだり、膝関節が時折痛んだりといろいろ自覚するたびに、気持ちを強くして周囲には見せまいと緊張する。志保子が横にいて気づくと、大きな病院での検査をすすめるが、この歳だからいろいろと小さな症状は出てくるものだし、そのうち、ちゃんと診てもらうよ。心配して言ってくれるのは有り難いし、自分でこれは悪いと思ったら、精密検査にも行くようにするから、あまりやきもきはしないでも大丈夫だよと落ち着かせるのである。

年末の適度の距離の遠出から半月ほどたったある日、志保子が、外出先から帰ってきた。

「ただいま。誰か来やはったぁ？　電話は？」

「誰も来てないし、電話もないよ」

「気分はどうですか」

「普通ですよ」

「兎に角、家にいてはるんやし、気分よう過ごしてほしいです」

「わかりました」

「あのね、あまり外に出ひゃぁらへんさかいに、ピンときいひんかもしれませんけど、『三四郎』の横の山手の方へ入る道を少し行ったところに大きな空地がありましたでしょう。そこにですよ、『バース』というでかいスーパーができるらしいですよ」

「またできんのか。駅前に二軒も三軒もあるのに、それだけできたら、買い物する人もまようのとちがう」

「なんでも外国の資本のお店ですって」

「外資って言うんでしょう。よう聞くようになったね」

「最近、そのバースってお店の募集がなんと二百名って載っていたよね」

「それがその店ですか」

「ところで、明日は、おかあさんの方はお休み？」

「いいえ、きちんと行きますよ。大事ですもの」

「大事って何かあるんですか」

「明日はね、いつも教えてくれている先生のほかに、ちょっとばかし有名なお方が話をしに来られますのよ。おとうさん、その有名な方って誰だと思います？　ちょっと考えてみてください」

「おかあさんが勉強しに行っているのが仏教関係のことやから、ええっと、すぐにはでてきません。誰なんや」

「あのね。お寺のおっさんです」

「お寺って、あの月天照寺の」

「そうです。顔あわしたら、はずかしいけど、おっさんも気がつかはったらどう思わはるでしょうね。熱心なお方やと思うてくれはりますでしょうか」

「いや、それより、えらい年齢の人も受講してはるなあと思わはるよ」

「そやけど楽しみにしていると思うてててええのんでしょう」

志保子は、文化ゾーンにある大学の「社会人入学」の中の科目入学コースで、それもシニア部門に通っている。学んでいるのは、「仏教入門」そして副題に「哲学する心―仏教から」とある。週二回、九月入学の二年間である。

二人が住む地域も、志保子が通う大学のある丘陵地の大きな文化ゾーンを後方にしており、空地がないほど住宅建設がすすみ、農地として残っていた土地も、商業地とかマンションへとどんどん転用されている。バースも開店計画にあたり、住民の意見を聞くための地域説明集会を催しますと各戸にチラシを入れているし、影響力が大きいだけに、しっかりした法律ができていると聞く。

「いただきまぁす」

「今日は焼き魚にしました」

「おいしそう」

「大根おろしは、好きなだけ使ってください」

「さっきバースという外資のスーパーの話が出たけど、おかあさんが行っている大学では、外国人は多いの？」

「シニア部門にはさすがにいませんけど、校内で見かけたりするのは、しょっちゅうですし、一緒に勉強している人の話では、はっきりした人数は知らないけど、かなりの人が学びに来ていると言ってましたよ」

「そういう人は卒業したらどうするの？　自分の国へ帰るの？」

「さあねえ、これも聞いた話ですけど、勉強したことを自国にもち帰って生かせる人はだいたい帰るけど、この国でもっと勉強したい、そしてこの国の企業で働いて活躍したい。活躍してから帰るとか、まあいろいろだけど、残る人が多くなっていると言ってましたよ」

「活躍できるとこが、ぎょうさんあればいいのにねえ」

六条

兵作郎は月に数度の限られた休みを大切にしようと心掛けていた。できれば明松と一緒に、この長屋ではなく、ほかの所へ行って過ごすことができたらなあという希望をもった。同じ棟割長屋に住んで数年が過ぎ、やっと、自分の為にどっぷり時間を都合してほしいお相手として明松がはっきりと浮かんだ。日々の商いに、時節を写して、動的にというか、巨視的にというか、目をしっかり見開いて取り組まねばならないという張りが、自然と備わってきていることが感じられ、その延長の上に明松の姿が浮かぶようになっていた。

棟割長屋の木戸口の方の明松の住まいの前を毎日通っているのだが、気になる好奇の内容に変化があらわれ、時として心の臓が音をたてるのを意識することさえある。魅かれているのである。人と接触する機会が多く、とくにお酒の入った場を日常的に経験している明松ゆえ、意識せずに気楽に話し相手になってもらっている有り難さから一歩超えて、誘いだすということになると、兵作郎はどっぷりと一緒にいることになったときのことを思案してみた。そうすると、明松の顔が浮かび、明るい笑みが元気づけてくれているようで一人笑いをしてしまっていた。

約束をかわしたその日、明松は木屋町松原の「中仙鶴」に寄って短く用事を済ませたあと、祇園石段下で待っている兵作郎に遅れないように急いだ。

長屋でしか顔を見ない兵作郎にとって、祇園さんに現れた明松を見た瞬間、現実の夢ではない視界の中に、実にすがすがしい印象を受けた。

「お待ちどうさんでした」

「久しぶりの祇園さんですから、先にお参りしときました」

「よう誘うてくれはりました。楽しうないかもしれませんけど、よろしうに」

「ねえさん、外で会うてもええと返事してくれはったので、うれしかったです」

「今日は、どこ案内してくれはるんどす？」

「ここから知恩院さん行って、そしてまた祇園さんの正門通って清水へ、それから五条へ下っていこう思ってます」

「おおきに、時間気にせんと、よろしう」

祇園の石段下は祇園社とか祇園感応院などと呼ばれる神社の西側にあたり、いつも賑わいのあるところで、石段の上には狛犬が両脇に控えた優美な楼門がある。正門は南側の南大門らしい。

二人は歩き出した。祇園社の境内を順路に沿うようにして進み、神社林に覆われた細道を先へと入っていく。祇園社の中の一画には、彼岸桜が十株ほど植えられて広くなっているところがあり、そこを右へ折れて進んでいくと右側に大きな極大門といえるようなものが見える広い道に出た。参詣人であろう人々が行き来している。あの有名な知恩院の山門である。

「うわぁ、大きおすな。こんなとこやったら詣りごたえあるし、目にしっかり、ようおさめときます」

「ねえさん、この山門の前あたりは桜の馬場いうて、この両側に植えてあるのん、全部桜です」

　茶店なども出ていたが、この浄土宗の開祖法然が営んだあまりにも有名な名刹を前に、とりあえず満腹し、八坂はんの方へともどっていった。そして先へ進むと八坂はんと言われるだけあって坂道が数多くあり、その坂道に低い家並みがぎっしりと建っているところを清水さんへと向かっていった。

　兵作郎は歩きながら、気に入った風景や、めずらしいものを見ると明松に素直に感想を述べ、いつも側にいるという感触を楽しんだ。道ですれ違う人もそれぞれが、お側のお人が大事で、兵作郎と明松を気にかける様子も勿論なく、また二人も他人に気をとられるということなく散策した。

　安産祈願の参詣路としても利用された産寧坂へと進んだあたりで、さすが女性には疲れが出ているのではと気づかいつつ、清水坂そして本堂への参詣路を上っていった。

「しんどくないですか。その先の仁王門が見えたら、本堂まではもうじきです」

ゆっくりゆっくり呼吸を整えなおしながら進んでいくと、威風堂々とした清水寺が目に入ってきた。突然あたりいったいの空気が厳粛と幽玄とまた清々しい張りつめたものに感じられてくる。そして、さらに目の前にあらわれる舞台を見上げて凄さに息をのんだ。抜きんでた霊場でもあり、信仰の心強さに圧倒される。欄干の周囲を柵で取り巻くようにかこってあるのが目につく。「清水の舞台から飛び降りる者がないように防いであるのやな」と。そして、いろんな角度から何度も見上げたあと、「これもまた満腹しました」と、二人は来たとき、通った仁王門をくぐり、清水坂を下りていく。その通りには、「うどん」という提灯とか「めし　卵どんそば」ののれんが見えるし、「清水名産・錦人形仕入所」「陶器売捌所」と記された看板もはっきりと見える。軒の低い陶器の店が窮屈そうに並んでいる坂を下っていくと、道は二つに分かれている。一方は松原のほうへもう一方は五条のほうへである。二人は左の五条のほうへ下り進んでいくと、竹林で覆われた細道がつづき竹藪をくぐるように下っていくと、突然視界が開けたように人の行き来が目に入ってきた。

先に目を移せば人出も多く賑わっている。西本願寺・大谷の総門前へ出たのである。きれいな石畳の道の両側は低木の生け垣で整然と区画され、参詣路もまっすぐに延びている。歩き進むと、石畳と一体となった石の橋があり、その橋上には、池の蓮の色彩に魅入られた人々が見かけられる。池の右は「紅蓮」、左には「白蓮」と、最近に名所化されたばかりのところらしい。その橋を渡ってしまうと茶店がでていた。「白蓮」寄りの茶店の床几の一つに座り、静かに一呼吸しながら、兵作郎から声をかけた。

「よう歩きましたしね。疲れはりましたやろ」

「いいえ、毎日お店でせこせこ動いてますさかい、こうして、お外で足たくさん使いましたけど、いいもん見ましたし、気持ちがさわやかに、ゆったりさせてもろうた感じで、よろしおすえ」

「この前の坂を下りていったらもう五条ですし、ここで少しゆっくりしていきましょう」

「よろしおす」

しばらく間をおいて今度は明松から、

「兵作郎さん、こういうとこで話すことやあらへんでしょうけど、お勤めのこととか、お嫁さんのこととか、先のことを、いろいろお考えなんでしょうね」

思いもよらぬ問いかけに、兵作郎は少し逡巡しながら、

「それが、わたくしのことにいたっては、ことさら鈍感でして、なんというか、それでいて、いろんなことがすごく気掛かりで。とくにお勤めもそうですが、まだまだ世間のことがようわからんといったら言い過ぎですが、わからんということが感じとしてわかるような気がしてですね」

「うちらも、商売柄、生々しい声をよう聞きますけんど、のんびり、どこぞのことやと思うようにして、遠ざけて聞くようにしてますけど、自分の身については、ちょっとばかしに、気を付けています」

「それはそれにこしたことはないですよ」

「兵作郎さん、お嫁さんの方は」

「ねえさん、わたしはまだ一人前とは思うたことありません。今日かて、ほんまは、お誘いできる器量ではないかもしれんのどす」

「おおきに、そんなに控え目に言うてくれはって、おおきに、おおきにどすえ」

「ねえさんと一緒にいる今もそうですけど、誰かとお会いしているときは、その場を大切にしたいですね」

それから二人は同時に立ち上がり、眼下に見えるほとんどが平屋建ての低い家並みがぎっしり並んでいる京の町へ鴨川の方へと下っていった。

鴨川まで来たとき、明松はちょっと「中仙鶴」に顔を見せてくるから、ここで右へ折れますと言った。目の前には、高瀬川が清流らしくきらきらして見えた。

「それでは、ここで。ほんまにおおきにです。楽しい思いさせてもらいました」

「こちらこそ。ではねえさん、お気を付けて」

京

イギリス公使館が襲われたり、イギリス人が死傷させられたりする事件もあったりして、騒然たる気配も地域によってはただよう中、京でも、御所の勅使が攘夷勅旨を幕府へ示したり、ついこの前は、御所の大君が、賀茂下社・上社へ、また石清水八幡宮へ祈願のため行幸された。

京の町にも警固の兵が随分と増えたようにみえるし、御所警護には、遠方からも志をもって参加する郷士たちもたくさんいた。

草津

「おかあさん、聞かしてよ、おっさんのお話というか、授業はどうだったの」

美信は、志保子があの月天照寺のおっさんの、お寺以外での活躍の姿をどう表現するのか興味を持って尋ねてみた。

「いつもは、短い講話みたいな、ちょっとした教訓話のようなものを聞かせてもらっているでしょう。でも今度は授業ですからね。やはり内容は難しいものでしたよ」

「いつもの名調子は聞けたの？」

「そうそう最初のほうで、その名調子というのが出たのよ。それで注目した人も多かったと思います」

「難しいといっても、おっさんのことだから上手に説明しやはったんでしょう」

「根本思想なんかのところは、もともと難しいところですしね。でもね。おとうさん、興味いっぱいに質問口調で言うたはったその際にですよ、肉食を禁ずるということに対してと、輪廻ということに対してですよ、どう考えますかって、指をこちらに指し向けてですよ」

「ほう、そら、なつかしいいうか、面白いねえ。親鸞さんも肉を食べはったと聞いたことあるけど、ほんとうやろかねえ。もう一つの方でも地獄に堕ちるという、ものすごい絵とセットで教えられた記憶がありますよね」

「そうよね。どこかで関心を持ったことあるよね。でも、どう考えるかを深めていけば難しいのよね。平等とか、倫理とか慈悲とか、それに道徳論みたいなものも考えてなければ説いていけないのよね。それからね、おとうさん、因果応報ってことも話に出ていましたのよ」

「おかあさん、時間があったら、いや時間をつくってでも、考えてみたいことですね。とくに落ち着いて整理して慎重にかからないと難しい世になっていますからね。生きとし生ける者の生命論みたいなとこありますよね」

美信は自分に言い聞かせるように首を上下した。そして、志保子の勉強ぶりに満足気であった。

「おとうさん、予定通り、昼から山田さんのところへ行くんですね」

「ああ、昼ご飯すませて出掛けますよ」

「今日のお昼は雑炊ですからね」

昼食を済ませた美信は、隣町にある友人宅へ出掛けた。徒歩で二百米ほどのところである。

山田貞一(ていいち)は個人事業主のテイラーで、美信のよそいきのスーツを手掛けてきた人である。決まった日などないが、お互いどちらともなく将棋がさしたくなると、美信の方から訪れることになっている。忙しいときは、訪問に気が引けたが、山田さんは最近は昔からのおなじみさんの客からの信頼が仕事のほとんどといってよく、その依頼もめっぽう減ってしまっているとのこと、好きで長くやっているので依頼があるというだけで有り難く思っていると明るく話した。

私の先手で相矢倉となった。二人は勝ったり敗けたりの対戦で実際の棋力も同じぐらいだと思っている。このときの試合は、私が勝たせてもらった。もう少しで入

玉を許し、詰みが見えなかったところだったが。今日は一回きりにして、山田さん
の方から話しはじめた。息子さんが勤めているスーパーマーケットの話題であった。
息子さんは、正社員として勤めていたサービス業の会社が運悪く倒産ということ
になってしまって、商売好きをとおそうとスーパーマーケットに勤めを得た。パー
ト扱いであった。時給なので、契約時間内にすべて終えてしまわなければならず、
時間管理が相当に難しいらしい。時間オーバーすると、許可がなければ残業として
認められず、サービス残業がみえみえになることはけむたく思われた。集中力がも
のすごくいるのです、と。あるとき、忘れものをして職場にもどったら、ゆったり
した雰囲気の中で資料に目を通して落ち着きはらっている正社員の先輩を見て、立
場が違うと本当に余分な努力がいるもんだなあと感じたという。息子さんの話を勢
いよく語る山田さんのおでこはだいぶはげ上がっていて、蛍光燈の光が映って輝い
ているのが印象的だった。

六条

月にちょっとの休みのほかに今日はめずらしく、お店の方から予定外に「休み」を与えられた。兵作郎は、この機会に、いろんな心配事を抱えていることを考え、頭を整理してみようと思った。このところ、兵作郎の眼で見ても、売り上げが落ち込んでいるのがはっきりわかる。そして掛けで売った先から、めっきり代金の回収が思うようにいかず、ある程度順調に推移していたと思っていたお店の経営も、先行きに黒い霧がかかっているように感じられ、焦燥といら立ちも覚える。毎月決まった日にきちんと頂戴していたところにしても、掛代金の回収が遅れぎみになってており、催促の方法にしても心してかからないと、商い全体が大変なことになってしまうかもしれない。今回与えられた「休み」も売り上げが細ってきた影響のあらわれであろう。

そして、大きな背景として洛中の社会環境と空気そのものが、残念なことに、落ち着いて商いに誠心誠意打ち込んでいくことに過大な努力がいるようになっている。もうかなり前から、慌しく、急くように、時がだんだん速く流れていくような気はしていたものの、はっきりと、この目と耳と鼻で、以前とは違うこの洛中の姿を感じるのである。旦さんは、こう言わはる。「今、この国の政(まつりごと)は、京に集中して、京に足を運ばんと成り立たんようになっている。だから、京は毎日、毎日、緊張きわまる渦の中にあるのんや」と。

兵作郎は自らを振り返って、自分自身に向かって述懐するのである。

十六歳のとき、富利屋へのお勤めが決まった。旦さんが雇ってくりゃはった。吉村作の紹介があった。このときに、身元保証になってくれたのは北白川宮という公卿であった。だから少しは誇らしかったのは事実である。兵作郎が子供の頃、自然とわかってくることがあった。自分の住まいが、北白川宮の東一条の邸宅の離れであること、そして同居人は三輪端蔵（みわたんぞう）という名のけっこう腕の立つ、どこかの藩士であるということである。そして、そのあとすぐ、北白川宮から三輪端蔵を「父親と思うて慕ってよいぞ。私とは関係が深い大事な人でもあるゆえ」と諭された。兵作郎は成長の過程でくわしいこともわかってくる。端蔵が水戸藩と宮家との間で政治的に動いている人物だということ、そしてもっと先のことだが、長州藩勢による禁門の変の際に、御所の守護のために闘った水戸藩士の一人でもあったということ。またこのときの水戸藩士の統領が前水戸藩主徳川斉昭の第十八子昭武であったことなどである。

兵作郎は十四歳まで、ここで生活するわけであるが、何不自由なく過ごしてこられたという思いが強く、性格が悪い方向へいかないように育てられた。それは北白川宮も三輪端蔵も、その当時の「尊皇攘夷論」や「開国論」をしっかり勉強した基礎のある人だったことも大きいと思う。ゆがんだり、ひねくれたり、暴れたりする性格は身につかず、男のやさしさを強くもった頑張り屋に育てられ、北白川宮から真顔でしかられたということはなかったかもしれない。また、北白川宮が勉強家であったので、兵作郎も学問に対する愛情は備わっていたが、それだからといって、「学問」に向かって真剣に打ち込むという勤勉家の性向にはなっていないと思うのである。

そして、こういうことがあった。少し大きくなった子供の頃であった。北白川宮と三輪端蔵の話を偶然に立ち聞きしたのである。

「わたしが、御所から東一条の宅へ帰る途上、今出川の御門のところに捨てられていた赤子を連れて帰って様子を見ていたところ、なんと実に我が家に福をもたらす『おひろい』のように思えたのだ。端蔵よ、実際に育てやすいであろう。苦労をかけよったと思ったことはない子じゃのう」と。

そういうことを耳にしたときに、兵作郎は、信用するとかしないとかそういうことではなしに、自分の境遇ということを十分理解できる年齢にはなっていたので、今このときこのときの有り難さが大事で大切であるに違いないとしっかりと言いきかせた。そして十四歳のときに、北白川宮の庇護の下で育った子として当家を巣立って、西陣の吉村作という名織工作家を育てる面倒見のいい親方のもとへと去ったのであった。

富利屋へお勤めする毎日、商いのことはだいたいわかったつもりであっても、景気のこともあり、なにせ、先様のあること故、先様の急変によっても思わぬ損失が出たり、たとえ先行き良しとふんで攻勢に出たとしても見込み違いであることも多く、まして当ご時世では、聞き及ぶ先様の情報そのものも当てにならず、長年の商いの勘というものに大いに活用をせまられ、大店を大切に守っていくことを第一に考えて頑張っていかねばならない。

それでも、なにがあっても京の町は大好きである。その町には浪士やら志士という人種が実に多くなった。勿論、警固の人もやたら多い。

兵作郎にとって、御所は北白川宮の出仕先でもあり、文化・伝統の局所でもあったが、それがますます騒がしさと連結するように思えてならなかった。

京

四条堀川の徳江門さんのところへは、時局のこととかで、興味をそそられたり、それについて何か教えてもらいたいなあと願望がめばえたときに訪問したりすることも多いが、けっこう留守のときもある。今日はご在宅かどうか寄ってみることにした。

堀川にはやはり底が見えるほどしか水がなく、東の木屋町沿いの高瀬川に比べて利用度が極端に少ないせいだろうか。

玄関で、「徳江門さん」と奥へ向かって声をかけると、少し間があって、「ようよう兵作郎さんか、お入りなされよ」と手招きされた。上がらせてもらうと、文机の横に何冊かの本が積まれていた。

「まあ、お坐りなされ。お仕事のほうはうまくいっておりますかのう。お勤め先はお変わりありませんかのう、兵作郎さん」

「世間では商いが思わしくなく、おひまを出されたとか、そういうことをよく耳にしますが、私のところは何とかそのようなことはなく、店全体で一生懸命に切りつめて切りつめて、難しいところをやりくりしています」

「ほう、それはけっこうなことじゃのう。長いこと地道にやってこられたたまものじゃろうのう。いつ店を閉じなあかんかと不安でいっぱいのところが多いじゃろうしのう」

「本当に難しいというか大変です。ものの値段が上がったきりで、安定してませんし、売ったお代の回収にもかなり手間がかかるんです。それでも買ってくれはるお客さんには手を合わせて大事にせんならんとの思いでいます」

徳江門さんは兵作郎の前に、お茶をさしだした。

「ところでのう。めったに来ない将軍様が京へお入りになったり、三条様ら七卿が長州へ落ちていかれたというのはもうだいぶ前のことだったかのう。お仕事柄、兵作郎さんはわしらより、いろんなことを聞かれるであろうのう」

「徳江門さん、そうですよ。出入りする問屋や商売人の中には、様子を詳しく熱心に話してくれる者もたくさんいますよ。将軍様が京へお入りになり、賀茂社に攘夷祈願に行かれたときのこともそうです。行列のすごさは相当のものだったといいます。行列の長さという点では、皇女が将軍のもとへ京を出発されたときには及ばないそうですが、天皇がこしで、将軍が乗馬であったらしいのですが、その行幸にはものすごい人がくりだして見物していたそうです。そして、それを見物していたある問屋が言うには、将軍はまったくもって天皇のお供をしているだけといった雰囲気で意外に感じたそうです」

「京の人は、御所の大君と江戸の大君とを分別して見られるが、京以外の人なら、どのように映るのであろうかのう」

「よくわかりませんが、よい大君であらせられまして、このきびしい世をよい方向へと導いてくださるよう思い願いますよね」

「それから、七人の公卿衆が京から長州へ落ちていかれたというのも、それからの京の今のありようというか、とくに御所さまのありようというか、緊迫したものになっておることであろうのう。そしてまた、この頃のことじゃがのう。「誠」の一文字を染めぬいた旗を高々と掲げて浅黄色の隊服をまとっているでしょう、そのなんじゃ、前は壬生浪士組いうたらしいが、今は新選組いうて、よう見かけるようになったじゃろう。なにかのう、きな臭いような空気がただよっとるようで気味が悪いのう。どうも近いうちに、御所さんあたりで大変なことがおこらんとええがのう」

兵作郎は、徳江門の言う近い将来の大事件の可能性の言葉を受けて、お互いの無事と達者をちかいつつ、四条堀川の宅をあとにした。

明治

ペリーの来航、そして開国以来、武力の近代化を推し進める幕府は、軍事力を誇るフランスと強く結びついていた。フランスの方も軍艦、大砲、小銃等の武器の斡旋やフランス軍事顧問団の派遣などを進めていた。そして、将軍家茂が死去し、徳川斉昭の第七子一橋慶喜が徳川宗家を相続していた。そんな折、フランスは国威を誇示するべく首都パリで万国博覧会を催すことになり、駐日フランス公使ロッシュを通じて幕府に参加することをうながしていた。

そこで慶喜は斉昭の第十八子昭武十四歳を自分の名代としてフランスに派遣する

ことに決め、その随行員の人選にかかっていた。そして、昭武の身辺護衛と世話をするための人員として、水戸藩士七名が追加されることとなった。勿論このこともすんなりと決まったわけではない。水戸藩士というのは大半が攘夷論者といわれていたからである。その七名の中に三輪端蔵の名があった。兵作郎の育ての親といってもいい人である。まだ倒幕の気配が濃厚でないときに出発し、外地で一年近く御役を勤めているところへ幕府からの御用状が届き、そこには将軍慶喜が政権を朝廷に返還したことが記されていた。またその後、情報網が発達しているフランスということもあって、昭武一行が、一様に血の色を失うような内容も知ることとなり、適時に帰国するということになった。

そして、時は「維新」となり、進行中である。

明治の新政府に維新の功績ありとして、北白川宮が仕えることとなり、部署として大蔵省の一翼を担うようあてがわれた。

北白川宮はこのとき、自らの英知でもって、三輪端蔵を秘書官に、そして兵作郎を私設事務官として採用したのである。兵作郎はまったくもって生まれかわった心境でこの新しい世を感慨深く大切に生きていこうと思った。兵作郎にはこのとき妻がいた。その名は「和子」。明松である。このあくる年、和子は高齢出産とはなったが「良作」を生んだ。美信の父である。

　明治も進み、憲法もできた。時代は大きく変わりつつあった。

　丁汝昌（テイジョショウ）という提督の坐乗する清国北洋艦隊が六隻の巨艦をひきいて東京湾に入港し、品川沖に礼砲を打ち鳴らした。また、露国東洋艦隊の軍艦七隻が長崎に入港し、さらに瀬戸内海を示威行進した。後、神戸から上陸したが、これにはロシア皇太子が同行していて大津事件に遭った。世界最強の陸軍国の皇太子をこともあろう天皇直属の部下が切りつけたとあっては大騒動である。ましてや東洋進出の機会を虎視眈々とねらっていた露国に対してだから、明治天皇御みずから神戸の露艦上にお詫びに参上してようやく事なきを得たということである。

　まもなく、日清戦争が起こり、戦後、日本は下関条約によって清国から台湾を獲得して植民地化した。その台湾上陸の際の台湾征討軍の総司令官が北白川宮であったのである。三輪端蔵も兵作郎一家も当然お供して従事していたのである。

　そこで信じられない事態が生じてしまうのである。気候のせいということもあるが、なんと総司令官の北白川宮親王と三輪端蔵が死亡してしまう。死因はマラリアだったそうで、新聞にも大きく報じられたという。

兵作郎一家は全く失意のうちに、帰国することとなり、京都に住まいを設けた。

「京の五条の橋の上、牛若丸と弁慶が」

「清水へ祇園をよぎる桜月夜　今宵逢う人　みな美しき」

五条通りに面している新しい住まいは、兵作郎が初々しき恋心をいだき、明松（和子）と散策を楽しんだところである。

年内に一家の進路が決まった。兵作郎は手の器用さと色彩感覚の良さをいかして、京扇子の職人として、和子は、立地の良さと接客の上手さを生かして一文菓子屋を、息子の良作は生真面目さがあう東山郵便局の局員として、それぞれ再出発をすることになった。

時は明治も十九世紀から二十世紀が目の前にきていた。

山科

　正月前に、柿元家のお墓へご挨拶をすませておこうと、美信と志保子がやってきていた。勝手知ったる通り要領よくすませて安堵の手を寄せあった。名調子で名を馳せたおっさんもお亡くなりになり、奥さんが急仕立てで補っておられるとのこと。美信が志保子のすすめで、大きな病院で検査をしてみると、中性脂肪の数値がかなり高いというぐらいで、取り立てて今処置が必要なところはありませんと診断され、急に、自分は実際はもっと若いのんや。家庭と家族の為に尽くすということはどうなんや、よう考えて終活などという言葉は先に追いやろうと思うのである。そして、志保子に話しかけた。

「おかあさん、今年も無事に、ご先祖さんに迷惑をかけずに終えることができますね」

「よかったですね。おとうさん。『ありがとう』『ごめんなさい』の精神を大切にしていきましょうね。ところで、おとうさん、来年は明治百二十年ですよね」

「そうですね。私なんか、いつも明治の人は偉かったという観念がこびりついていますからね。武士道の心は生きていたし、西洋化が進む中でも東洋の良さというものをちゃんと知っていて忘れなかったと思うし、それに、不平等条約の改正に頑張った人もすごく偉かったと思うなあ」

「おとうさん、私たち、昭和百年を迎えるまで生きていられるでしょうかねえ」

「それは、ちょっと無理ですよ。明らかに。ただし毎日お祈りしているのは、ご先祖さまあっての私たちだということですよね」

「よろしくお願いしますよ。おとうさん」

「それからね。おかあさん、来年は兵作郎じいさんの没後八十年ということに気が付いていますかね」

五、昭和八年の辞職

世の中が良くなっていくとは思われなかった。そう思ってしまうのは名古屋市子（なごやいちこ）も同じだった。ただ市子には、「お父さん」と「実践」という大切な生きがいがあった。「お父さん」は京都帝国大学法学部の教授である楠田昭英（くすだあきひで）。下鴨神社に近い閑静な住宅地に、学識の権威を誇る学者の住まいとして四人家族で暮らしている。「実践」というのは、『月光』という月刊紙の編集の助手をしながら、労働婦人の問題や女性の地位の向上を目指す運動に携わっていることである。当時はまだ女子および未成年者が政治的会合に参加することが善しとされず禁止されてもいた頃だった。「お父さん」とは『月光』の編集部の先輩につれられて大学の楠田の研究室を訪れたのがきっかけだった。市子の「実践」の良き理解者になってくれたのは勿論であった。

ある日、市子は新聞紙上に「楠田処分」なる文字を発見し、凝視し過敏に読んだ。文部大臣の藤堂博一が、文部省の独自の調査によって楠田の学説は学生に悪影響を及ぼすものであると認められるので、楠田に辞職を勧告するか、あるいは休職の手続をとってほしいと述べたというものである。

これに相対する京都帝国大学総長の広岡秀光は、学説のことは専門の学者の意見を聞くべきであり、また広岡が自分で読んでみても国体否定とか社会革命謳歌といったものでもなく危険なものとは思われない。文部省の意に入ってしまえば大学内の紛糾は免れないことになると言って文部省の再考をお願いしたいというものであった。

市子は驚天動地で、「お父さん」のことでこんなに騒いでいる、と一気に心配の池に落ち込んだように思った。楠田とは市子の方からプライベートで訪れたり連絡をとるということはなく、楠田が訪ねてくるのを待つ、ただ「待つ」境遇であった。

市子は新聞の「楠田処分」に関するところを読み終えて、同新聞に関連する記事はないかと注意して見てみると、この時代の世相を反映した記事があったので示しておくと、陸軍省軍事調査部発行の国民向けパンフレットのことが載っていた。

「駸々として進歩をやめぬ空軍の将来に、空中艦隊を以てする大都市爆撃が可能なる戦法として予約されていることだけは争えぬ大事実であろう。国防の将来は正しく空に在りと断言することができる」

「殊に空中戦の戦勝は常に、機先を制して敵をその上空より圧する者の手に握られている」

「皇国もまた、後れ馳せながら、辛うじて列国に追随し得る程度の整備をなすための負担は、国民としてこれを甘受しなければならないであろう」

「近代国防戦争の本質に鑑み、武力戦、経済戦、思想戦、攻略戦を一元的統制運用し、全戦争の指導を適切にして以て速に勝を制する」

「独り軍部のみの事業ではなく、実に国民全体の責務なり」と国民への協力を訴えたものとなっている。


いわゆる「楠田処分」の楠田昭英とはどういった人物なのだろう。その一端を述べよう。楠田昭英はとかく難しいと思われている「刑法」の罪と罰をわかりやすく語ることで定評があった。大正十四年に放送がはじまったラジオにおいても講座を担当し人気を博した。この講座の内容を加筆した刑法読本ともいうべき『刑法の学び方・考え方』などを著し、自説を展開した。講義・話説にも豊富な例示が多く、それが時には極端な例えとなって驚かせることも多い。また言説の中で普通なら否定するところを沈黙することが多く、誤解をまねくことも多かったという。

市子は夢想にふけり、とりとめのない独り言を重ねるのが癖だった。生まれつきそなわった資質には自信があり、ひいでた美貌（びぼう）と縦横な才知に対して自らを信じ、疑わなかった。

――それにしても、どれだけ眠れば気がすむのかしら、「お父さん」たら。眠っている楠田はこのときすでに辞職していた。そして在籍していた京都帝大法学部教授会は大騒動の渦中にあった。市子は新聞で知った「楠田処分」。その楠田がいつ訪れてくるかわからない。どう迎えたらいいかわからない。ただできうる限り情報に接し、学んでおきたかった。

「大学には色々と面倒なこともあり、大学教授を都合によってやめてほしいと文部当局が考えたケース」であり、「研究の自由」・「大学の自治」・「赤化教授」といったキーワードで表わされる重要な事柄があるらしい。

　二人で話し合わなくちゃならないことがいっぱいあるのに。お父さんはあたしに話したいことがたくさんたくさんあるはずよ。

　起こさなくては。軽く揺すって声を掛けたが、腕を伸ばしてあお向けにぐっすり寝ていた。


　係争は文部省と京都帝大法学部教授会の全面対決の構図である。

　当時の基本的なこととして、「大学令」の第一条に「国家思想の涵養」ということが大学の使命として掲げられているし、出版法第一九条にいたっては「安寧秩序ヲ妨害スル」ものは発売禁止処分に付すことができると規定されている。

　京都帝大法学部教授会としては、国家権力＝文部省からの大学の独立と教授の任免に関する教授会の意見の尊重という二点については絶対に論を俟たないこととして対決姿勢をとった。そして、「教授の学問上の見解の当否は文政当局の判断に依って決定せらる可きものにあらず、若し一時の政策により教授の進退が左右せらるるとせば学問の真の発達は阻害せられ大学は其の存在理由を失ふに至らむ」と当局の再考慮を強く求める態度に出た。

　そして、京都帝大法学部教授会は総辞職という戦術に出たわけであるが、教官の総辞職はストライキであり、官吏としての規律違反となり、学生騒動を誘発すると批判が高まった。そんな中で一つの言葉がキーワードとなった。

「楠田処分」は「非常特別ノ場合」であるの「非常特別ノ場合」の語である。「非常特別ノ場合」で、教授の進退は総長の具状に依るという先例は生きているとの「広岡解決案」によって「目的を貫徹」できたとして、一部が辞表を撤回、一方「非常特別ノ場合」なら勝手に文部省が教官の処分を行えるような「解決案」にはしたがえないとする大部分は辞職してしまったのである。


　市子は話そうとしても言葉が出ない。楠田に起こった出来事が二人の感覚をすっかり麻痺させてしまっている。市子の困惑ははかり知れなかった。さまざまな思いが胸をかき乱したが、そのどれもが、はっきりした思考とはほど遠いぼんやりしたものばかりだった。形もなくまとまりもない、いやなもやもやが次々と休みなくわき起こり、市子の頭をくらくらとさせた。

市子はじっと楠田の目を見つめた。突然、二人は抱き合った。短いキスだったが、離れてからも視線は深くからみあったままだった。ばつの悪い思いが、重く背中に押しつけられているかのようだった。これが二人の最後の密会となった。別れる前、席を立った隙に、市子が楠田のカバンの中をのぞくと拳銃のようなものが見えた。まったく「お父さん」には不似合そのものの悲響であった。

そして楠田の人物像の第二弾である。

楠田昭英は、政府の思想対策の中で、司法官赤化問題とからんで浮上してきた。「赤化教授」問題のやり玉にあがり、「赤化教授」の処分＝楠田処分の楠田はそもそもどういうことを主張していたのであろうか。

「根本は、キリスト教的な、人間が人間を裁くことが間違であるといふことに胚胎している」

「犯罪は国家の組織が悪いから出るのであるから、国家が刑罰を加へると云ふことは矛盾である。犯罪は国家に対する制裁である」など。楠田はいわゆる客観主義刑法理論を唱えた人であり、当時の治安維持法体制にとっては都合の悪い存在であった。客観主義においては、刑罰を定めるときの標準は犯罪事の大小にありとし、犯人の個人的事情をまず斟酌するという立場をとらない。ところが、犯人の行為よりも思想を裁き、転向・非転向に対する裁判官の心証によって量刑を決するとする運営が行われつつあった、犯人の人権保障とからんで難しい問題でもあったのである。

それから数年後の二月二十六日新聞の号外が出た。「皇道派将校の叛乱」に関するものである。その騒然たる日の通常紙に目を凝らしていた市子は、小さな記事に釘づけとなった。楠田昭英とわかる死体が発見されたというのである。場所は島根半島の西端、日御碕ということである。「事故死」の可能性が大であろうと書かれている。この記事に接した市子は、深い悲しみで茫然となりながらも、無性にくやしい、そして情けない爆発しそうな感情におそわれた。

女性の自立に厳しく説教してくれた「お父さん」、ただ一度だけ楠田と旅行したことがあった。その時、日御碕を訪問している。

冥福を懸命に祈る。大事件と時を同じくするようにこの世を去ることになった「お父さん」。私、頑張るわ、頑張ってみせるわ、才能のあらんかぎりを使って頑張ってみせるわ。「お父さん」、さよならは言いません。

六、事件

今度の騒動は、我国未曾有の大事件であった。昭和七年、犬養首相が殺された時は、只数名の士官が官邸に闖入したと云ふに過ぎなかったが、今度は軍隊が動き、永田町一帯を占領し、全く叛乱の形を採った。下士官は群集に向って、現代社会の欠陥に付き演説し、政党財閥等を悉くやっつける其手始めに、先づ首相蔵相、夫から陛下の側近に居って自分等と陛下との間の意思疎通を妨げる内大臣や侍従長を殺したと云ふ意味の事を述べ、群集の中には拍手したものもあると云ふ。金持連中はミンナ怖気(おじけ)づいて居処をくらまし、今だに行方不明のものも居る。二十六日に始まり、二十九日には鎮定したが、かゝる思想は今や軍隊の間に滲み込んでいるらしく、たとひ今度の関係者を悉く銃殺しても、政治や経済の方面で依然今日と同じ事を繰り返して、改革を行はなかったら、又々第二第三の事件が起こり、愈々革命の状態になる恐れが十分ある。政治家や金持も従来の考に囚はれず、考へ直す必要がある……。

これは数年後に首相となる近衛文麿が米国プリンストン大学へ留学中の長男文隆（ふみたか）に宛てて書いた手紙の一部である。（杉森久英著『近衛文麿』一九八七年 河出書房新社）

二・二六事件がひとまず鎮静したすぐあとに書かれたものであるが、この昭和十一年の大事件に至るまでには、五・一五事件（昭和七年）をはじめとして、未発に終わったものを入れれば数え切れないほどの事件がある。三月事件（昭和六年の陸軍青年将校によるクーデター計画発覚事件）、十月事件（昭和六年の陸軍将校を中心としたクーデター計画発覚事件）、桜田門事件（昭和七年一月に起きた天皇暗殺未遂事件）、血盟団事件（昭和七年に起きた右翼団体のテロ事件）、神兵隊事件（昭和八年に発覚した右翼のクーデター未遂事件）などである。ここでは大事件への検挙の結果、処刑されていった民間人の側の声を聞いてみることにする。

私の名は南スズ。南一輝と世帯を持つようになってからの名です。南よりひとつ歳下で、それまでは間淵ヤスでした。長崎で請負師をしていた家庭の出で、十六歳のとき一度結婚しています。南と出会ったのは上海でした。二児の母となっていましたが、夫に先立たれ、子どもを実家にあずけて、出稼ぎに上海に来ていたときでした。南は支那革命へのロマンを日本との関係で開花させたく、宋教仁や譚人鳳ら革命者の一団との接触の中で活路を求めようとしていた時期でありました。宋さんも譚さんも東京に事務所があり、来日の回数も多く、南とは親しい間柄でありましたが、実際の活動面ではそう簡単なことは言っていられないきびしいものでした。南は支那革命を何か明治維新のようなイメージで捉えていたところがあるようでした。南の定宿はホテル松崎洋行でした。そして、私がそこに「お手伝い」として働いていたのです。いわゆる仲居ですね。南と中国人同志の重大な会合の席にも出ましたね。もちろん酒席でもありました。私はお針が得意だったもんですから仕事仲間に教えたりしていましたから、職場では人気があったと思っています。しばらくして後、南と性関係を持ちました。そして、忙しい中で常に夢を持って動きまわる彼と同棲生活に入りました。

南はいろんな話をしてくれました。この上海に幕末、長州の高杉晋作が来たときの話。佐渡にいたとき、地元の地方紙に和歌に関する論文を書いて、与謝野鉄幹、晶子夫妻に注目されたこと。そして、二十歳代の若いときに大著を世に出し、著述家としても思想家としても一目おかれたこと。またこの著作に得意な漢文の素養が役に立ったということなど。

そして、佐渡での初恋の話も聞かせてくれました。

こうして二人の関係が深まっていく中、南は私を一生の伴侶にしようと決心したようです。周りも二人をペアとして見てくれるようになりました。宋教仁が暗殺され、その葬儀のときなど私は南の夫人として認められていることを知りました。

私については、あるときまで一部に噂があることは知っています。長崎の丸山遊郭にあったというものです。実家の間淵家から強制されたわけでもなく、まったく自分の一存でのことですので否定するつもりはありません。南も元々娼婦というものに偏見のなかった人ですし、外地で一緒になったこと、前歴よりも私への本物の愛のほうが肝心だと思う人でした。南は大正五年には、私を正式に籍にも入れました。そしてこの大正五年という年は、南が一輝と号するようになった年ですし、法華経への信仰に没入していった年でもあります。それから、養子の大輝のことがうかびます。

私の名は南一輝、南スズの夫です。そう大輝のことがあります。大陸での革命仲間である譚人鳳から孫の瀛生の養育を依頼されました。大正四年十一月に長崎で生まれました瀛生は、産後十日目に母を喪って祖父のもとで育てられていましたが、病弱で見るにたえないのをスズが母性でしっかり抱きしめ、譚老人はスズに礼を述べ、私には、日華両国のために鞠育をと念を押した。大輝と名づけることとし、我が家の養子となったのである。

南一輝という私の名は知る人ぞ知るですが、私は決して指導者ではありません。妻のスズは、私の性格を知り尽くし、私の頭脳が全開できるように気をくばることのできる女性です。そして今、誠に残念なことに、一九三六年（昭和十一年）二月二十六日の二日後、検挙されまして二・二六調書作成に応じています。

大正八・九年は日本国家にとってひとつの曲がり角の時機であったと思いました。その大正八年、私は上海にあって断食に入りました。四十日間ほどだったと思います。私は失敗者でした。支那の革命の局外へと振り落とされ、自分を必死に奮い立たせる転機というものを見すえたかったのだと思います。日本に帰り日本自らの革命に当たろう。そのための骨格となる略図を書こうと思いました。それが『国家改造案原理大綱』です。そして、この八年の八月に国家改造運動の展開のために、満川亀太郎と大川周明とが猶存社というものを作っていましたが、二人は私の『支那革命外史』に心酔いたしまして、私を呼び戻し引き入れる手はずを決していました。私は二人の予定どおり、年末に上海を発ち、大正九年の元旦を長崎の妻の実家ですごし、東京へ入りました。

雑誌『改造』が創刊されたのも大正八年で、明治国家を改造しなければならないとの思いが幅広く充満していました。国家改造運動は一般に天皇を戴く伝統的な体制を維持しながら日本を革新していくというひとつの潮流でした。『国家改造案原理大綱』は、大正十二年五月に改造社から刊本となるのですが、そのとき、多少の修正を加えまして『日本改造法案大綱』となります。そしてその前、大正九年に『大綱』はガリ版刷りでごく少数が頒布されることになるのですが、これが大変なことになります。翌大正十年にそれによるとみられる最初の「行動者」が出るのであります。右翼青年の朝日平吾が、財界の要人に社会活動への「寄付」を要求して回っていたが、断った安田財閥の創始者である安田善次郎を刺殺して自害するということがおこってしまったのです。私の『大綱』に強く感銘を受けたらしく遺書まで私に届けるようにと伝えたとのことでした。

　この大正九年に私が関わったことはふたつと記憶しています。ひとつは、皇太子に対する法華経経巻の献上であります。宮内省から受領証ももらっています。いまひとつは、宮中某重大事件とよばれるものに対する関わりです。皇太子妃候補久邇宮良子女王の母方の島津家に由来する色盲問題で元老山県有朋が婚約取消しの立場にあって争いとなった。私は久邇宮家宛に勧告文を書きました。

　翌年に宮内省より婚約に変わりはありませんと発表があり、久邇宮家から私に挨拶が届けられました。私としては、宮中に存在をアピールすることに成功した思いです。

　ところで私の中では初めから国家主義と社会主義が結びついていたようです。私は日露戦争の前には開戦論者でしたし、当然、日本が強い国になることを何より望むということに変わりありません。同時に社会主義に関心を持ち社会主義によって国家を合理化し強化できると考えます。私の国体に対する考え方は、伝統的な万世一系論ではありません。天皇は強い国家を作るための機関と考えているのです。強い国家とは、経済的不平等をなくした国家であり、そういう国家を作るためには、ここで『大綱』がでてきます。『大綱』は国家改造の具体的方法として、軍隊によるクーデターを提示しています。天皇の大権を発動して憲法と議会を停止し、全国に戒厳令を布きます。そのうえで特権階級の政治機構である、貴族院なり枢密院なり華族階級などを廃止して、普通選挙を実施して、私有財産を制限します。そしてです、福祉や教育を充実させて、弱者の人権を重視し、貧富の格差を縮めて平等な世界を目指すというものです。

この『大綱』を基本的なバイブルとする猶存社は、私と大川周明（おおかわしゅうめい）の確執が大きくなって大正十二年解散ということになってしまいます。

私の名は東田税（ひがしだみつぐ）。南先生が一番気にかけていた弟子といわれています。そして、同じく二・二六調書作成に応じています。そうなんですよ。猶存社は、南先生と大川さんとの決裂で解散しました。一般にお山の大将どうしが陥る悪い例が話題にのぼりますが、私が大川さんから聞いたことは、南先生に対する罵詈雑言です。魔王と呼ぶにぴったりで、善悪の基準がいい加減で、手段を択ばぬ強腕ぶりと相手を圧する鉄炮のような口舌ただただ魔ものと思ってしまうというもの、私は一方の大将の言いたい放題だと聞いているだけですが、冷静さをとり戻しますと、私は南先生の子弟であり、生活費等も大部分が南先生から出ています。

私は、肋膜炎で軍隊を退いていました。少尉でした。右翼運動に身を投じました。押し入れにはぎっしり『日本改造法案大綱』の印刷物がしまってありました。私は南先生に師事しながら、行地社にも属していました。行地社は猶存社解散後、大川さんが満川らと再結成していたものです。べつに大川さんに指導を仰ごうと思ったわけでもなく、南先生も私の大幅な行動の自主性を認めてくれていました。私は行地社で『日本』という機関誌を編集したり、国家主義を教える「大学寮」の講師も勤めていました。それから少したった頃、行地社と安田生命との間に争議が発生します。行地社の会員の首切りに端を発したものですが、大川さんが解雇された門人を擁護するに対して南先生が安田側に立って交渉をしていて報酬をもらっていましたので、両者の関係は悪くなるばかりです。

私も大正十四年十一月に行地社を脱退しました。大川さんとは、人格的にまた性格的に全然相反する点があったからです。そして完全に南先生のもとにつき、先生の信頼を得ようと努めました。当時先生には弟子はたくさんいましたが浪人タイプの人が多く、幾人かを寄食させておられましたが、私は真の弟子たらんと決意しました。青年将校で南先生と面識があったのは、この頃まだそんなに多くはなかったと思いますが、先生を訪問してくると、腐敗した政治に染まっていない若いあなたたちが今の日本を救うことができるのですよとまくしたてていた。

ところで、私は元軍人ですから、軍や軍人にはやはりすごく関心はあります。だから思うところ実に多いです。まず参戦国ではありましたが日本は第一次大戦にあまり深くは関与しなかった。一般の関心も高くはなく、欧州大戦と呼ばれたとおり、日本人の目から見れば、世界大戦というよりも、遠く離れたヨーロッパの戦争とうつったわけです。しかし軍人としてみますと、この大戦は目を見張るべき変化をもたらす画期的といえるものでした。国家総力戦でした。そして、未来の戦争は軍の交戦、軍の操縦術に止まらずして国家を組成する全エネルギーの大衝突、全エネルギーの展開運用により勝敗が決せられるだろうといわれます。今後の戦争は国民のあらゆる智力、あらゆる財力、あらゆる努力の組織的結合力（文明）の戦いになるということになって「国防の国民化」の必要性が何よりも大事なのです。ところがどうでしょう。軍人に対する目は批判的ではありませんか。私は軍人が日本の社会の中で肩身の狭い思いをして暮らしていた時代があったなんて決して現実のものとしてはならないと思います。しかし諸学校での軍事教練はどうでしょう。歓迎されないどころか、学生たちがあからさまに軽蔑を示したりするではありませんか。軍人は社会的常識が欠如していると攻撃され、軍人軽視があからさまの状態です。そして人々の軍人軽視は、軍人の社会的地位が低下しているということをストレートに反映したものでもあるのです。軍学校志願者が減少しています。軍人の社会的地位の低下によってささやかれていることもあります。青年将校の結婚相手の社会的地位が低くなりつつあるとか、将校の子女の嫁ぎ先の社会的地位も下がる傾向にあるとかいったたぐいです。社会の悪弊に染まった青少年を教育できるという役割まであるとされた軍人が、平和主義的風潮の中では余計者扱いをされるようになっていました。彼ら軍人には心底こたえたに違いないと思います。

大正十五年は南先生と私にとってたいへん危険で心痛い、怪事件の年でした。まず、南先生とは上海以来の知り合いで、先生の家に入りびたっていた辰川という浪人がいましたが、この男が十五銀行の経営の乱脈ぶりを聞きこんで、仲間と糾弾ビラを作製します。経営の乱脈がきわまって倒産するというようなことにでもなれば皇室関係のお金にも損害が出てしまうではないかというものでした。そして辰川は十五銀行のN頭取に面会を申しこみます。N頭取は驚いて日銀総裁のIに相談します。Iは使っている情報屋の線から背後に南先生がいると知ります。Iは料亭に南先生を招いて、取りつけ騒ぎが起これば預金者に多大な迷惑がかかるからと、十五銀行側から先生に活動資金として五万円を出させて、辰川を押さえてくれるように頼みこんだという内容です。続いては宮内省怪文書事件というものでした。

怪リーフレットは私が書きました。北海道の皇室御料地をめぐる小作争議と北海道御料地払下げ問題でもちろんお金に関する不正ですが、私はリーフレットの見本を同封した辞職勧告書を関係すると思われる多くの君側の奸に送りつけましたよ。そして捜査の手がのびることとなり、南先生と私はしばらくの間収監されました。たしかに世相はきびしくなっていましたね。国民の間に生活不安が拡がり、政治の現状に対する不満と不信が進行して改革を求める声が高くなっていました。しかし現実は腐敗堕落の方へ向かっていったのだと思います。このあたりからジャーナリズムも盛んに使うようになった「財閥」という言葉をとってもですね。単に「富豪」とか「金持ち一族」という意味から、富を独占して日本の経済を牛耳っている、そして貧困者をいじめているという、そういうマイナスのイメージとして一般からみられるようになっていたんじゃないですか。それとですね、社会あらゆるところで「暴露」合戦というか、自分の立場を有利にするために相手側の醜状を暴露するということが常態化してきたんじゃないですか。糾弾する中でそれぞれ相手を傷つけあいますが同時に自分も傷つくことになるわけですよね。とにかく南先生のところには暴露ネタというようなものが入るようになっていたのではないですか。

それを「魔王」といわれる先生は利用するのが特別上手だったのかもしれませんね。それから朴烈・文子怪写真事件です。第五一議会の閉会後、朴烈事件で起訴された朴烈・金子文子が、予審調べ室で、相寄り添った写真入りの文書が政治問題となりました。写真は、朴を取り調べていた立松懐清子判事が、朴の歓心をかい、誘導尋問を効率的にすすめるために、朴に金子を引き合わせて撮影したものらしいですが、この写真が南先生の手に渡ることになったのです。私たちは大正十五年七月二十九日付で写真入りの弾劾文書を作成して配布すると同時に、政友会の森恪と小川平吉に若槻内閣と、なかんずく江木翼法相を攻撃する材料として使うように申し入れました。昭和二年四月に若槻内閣が倒れることとなり、南先生は森恪から礼金として五万円を贈られました。

そしてこれらのことについての取調べが始まり収監され、免訴された件もあり、公判に付された件もありました。結果、昭和五年十月三十日でした。南先生は懲役三カ月執行猶予四年でした。私は五カ月の実刑をくらい、豊多摩刑務所で服役することになりました。

私の名は東田初子、はつで通っております。東田税の妻です。一緒になりましたのは、大正十五年でございますが、東田税のため将来本でも書こうと思っておりますので、少しは詳しくお話しできるかと存じます。

まず何といっても印象深いのは「統帥権干犯」問題ですね。この「統帥権干犯」という語を発案したのが南先生であると言われていることは有名です。ロンドン海軍軍縮会議が昭和五年に開かれました。ここでの軍縮案をめぐって政府と軍令部が激しく対立することとなります。日本は対米七割は絶対にゆずれない線であるのに政府はわかっていないと民政党政権の倒潰を目指す運動が強くなり、南先生も加わっていました。政府が軍令部の権限を犯したことは大変なことで「大権干犯」説は大騒ぎとなりました。軍人が軍服を着ることを恥じるような時代から一転して、軍人に非ずんば人に非ずというように極端化があらわれたのは、まさに統帥権干犯問題であったのです。

そして大不況の最中でしたね。世界大恐慌といわれましたよ。輸出先のアメリカ経済が大混乱します。日本政府の金解禁によって莫大な金が国外へ流出していきます。そして極端な財政支出の抑制により強烈なデフレが発生し、物価と株価が暴落しました。輸出総額は大幅に減少し巨額の貿易赤字を記録します。

昭和恐慌ともいわれましたね。農村の打撃はすごかったようです。東北地方の農村はとくに窮乏に瀕します。欠食児童や娘の身売りにとどまらず、夜逃げ、盗み、心中など悲惨な状況が至るところで発生します。しかし悲しくなるほど政府は無策なんですよ。まったく、庶民を顧みないんですよ。そしてそんな中で政治と金のよくない問題が出てくるわけでしょう。国民は政党政治に対して望みを失ってしまいますよね。そして軍人の中に自然と国家主義的革新思想のようなものが根づいていきますでしょう。わが家に来ていた軍人の中には、自分たち下級将校の力で昭和維新というものをやり遂げなければならないとはっきりおっしゃる方もおられました。

世相が大きく変わりはじめたと思えるようになるのはあの満州事変が勃発したあとしばらくたってからでしたね。満州事変は昭和六年九月からですが、事変の拡大にともなって状況が変化してきたのを感じましたね。例えばですよ。露天の玩具屋は軍人の身なりをしていますし、売っているものといえば軍人の人形をはじめ飛行機、戦車、水雷艇の如き兵器の玩具です。軍人批判は、少なくとも表立っては姿を消しましたし、軍人軽視の風潮もなくなります。いやむしろ、軍人は国民の人気の対象となったと思えるから不思議ともいえるのでしょうか。夜の銀座のカフェやダンスホールにも軍服のままで出入りする者もみられるようになったとも聞いています。満州事変以後、軍をめぐる環境は大きく変化しつつありました。政党政治は無策で大事なことに手をこまねいているばかりでした。

このような閉塞状況を打破してくれたかのように、人々から期待を込めて迎えられたのが満州事変以後といえるかもしれません。昭和六（一九三一）年十二月に犬養毅の政友会内閣が成立し、高橋是清が蔵相となり、金解禁を廃止しました。つまり金の輸出はふたたび禁止されて、日本も金本位制を離脱して管理通貨制に移行しましたが、この日本が金解禁を止めた年と満州事変が起きた年が同じであったために、満州事変が景気恢復の女神のように見えたという論調まで出ていたのです。

ところで私どもの生活費や運動費は、南先生が蒐められた中から出ておりました。この頃東田はなにか国家改造につながることをしなくては生きている意味がないという執念にとり憑かれていたように思われます。

五・一五事件の日はよく晴れた日曜日でございました。この日我が家には朝から陸軍青年将校が詰めかけていましたが、前日の夜にも四人集まって来ていたのですが、話題は海軍の様子そして出方です。この年の二月、三月に、前蔵相の井上準之助さん、三井合名理事長の団琢磨さんが「一人一殺」のもと殺害され、血盟団が検挙されまして、非合法活動が難しくなったのではと思われる状勢の中で、焦った海軍が大川周明らと結んで何やらやらかすという可能性について語りあっていました。陸軍の将校たちは今回は参加を見合わせるという意見ですが、若い陸軍の士官候補生らは、海軍の動きに巻き込まれるのではないかという危機感をもっていました。

皆が立ち去って間もなくのことでした。外で客の帰るのを見張っていたのですね。川崎長光が訪ねて参りました。東田も顔を知っている茨城の青年で、血盟団の残党です。七時頃でした。私は初対面です。「川崎君じゃないか、さ、上がれ」と機嫌よく二階の書斎に上げました。二階で主人と川崎が話をしている階下でわたしは食事をしておりましたら、「ドタン、ドタン」と二階で大変な音がしました。テーブルを挟んで対談中、川崎が突然拳銃を出して構えた。東田は一喝して飛びかかる。銃弾が東田の胸部を撃ち抜いた。東田はひるまずテーブルをひっくり返してそれを乗り越えて迫った。川崎は後退しながら第二弾を撃つ。腹部に銃撃を受けた。そして川崎は続けて撃ちまくる。東田は弾がつきたとき、川崎につかみかかったのです。階段の際まで下がっていた川崎は東田とともに階下へ転がり落ち、玄関から逃げていきました。あいにく日曜日のため、どこへ電話をかけましてもお医者さまが留守なのです。その後、南先生の手配でやっとお茶の水の順天堂大学へ搬送できました。射たれて二時間もたっておりました。川崎は六発射ち、一発は外れ、五発当たったうちの二発が体内に残っておりましたが、腹部の手術しかできず、肩の弾は改めて摘出手術を受けております。南先生がずっと付き添ってくださいました。先生は眼を閉じて一心に法華経を唱えていらっしゃるお姿が多かったように思います。事件を知ってその日の夜のうちに七名の皇道派青年将校とみられている方たちが病院へ駆けつけてくださいました。お顔馴染みの方ばかりでございます。東田が狙われましたのは、事情に通じていながら参画しない情のなさを憎まれたものなのか、陸軍側の行動を抑えた張本人と思われたせいなのか、本当のところははっきりいたしません。もちろん五・一五のことです。病院での治療を終え、しばらくして療養のため退院いたしましてすぐに夫婦で湯河原へ参りました。東田がこれほどまでにきびしい現実の運動の内にいることをほとほと身に感じまして、その宿で、運動から遠ざかることが難しいのでしたら別れてほしいというようなことを口にいたしますと、東田はハラハラと落涙いたしましたです。

南先生のことを私どもは「魔王」とかげで呼んでおりましたね。小柄な一見穏やかな方ですが、対座しておりますと圧倒されそうな迫力をもった方です。息子さんの大輝さんは御養子ですが、中国人でありながら日本人として成人した方です。

南先生はこの時期信仰に熱心であられたと思います。神に祈ることによって国難を打開するという一般的なことから、スズ夫人を霊媒としてお告げを受けることに力を入れておられましたし、ご自分と夫人が見た夢と、夫人を通じて受けた霊告と、神社参拝のとき聞いたお告げとそれぞれうまく分類して利用なさっていた。そして先生は巫女的な異能をもつ夫人スズさんを実に大切になさっていらしたです。家庭のことは何もおさせにならなかったですし、女中さんも、そのために三人も傭っていらっしゃいました。

八月の蒸し暑い夜のことでした。陸軍の相沢中佐が私宅へ泊まっておられます。はい、そうです。あの陸軍のエリート中のエリートといわれた永田軍務局長を殺害したその相沢さんです。台湾への転任の挨拶でみえたということでしたが、大変なことが起きたもんですね。真崎教育総監更迭問題で陸軍の内も外も大騒ぎだった最中のときのことでございました。真崎教育総監罷免の黒幕とされた永田軍務局長が陸軍の中佐である現役の軍人に白昼、それも執務室で斬殺されたという事実は、ものすごい衝撃を与えたと思いますよ。これは当時の陸軍の派閥抗争がいかに異常で陰惨なものであったかがあらわれたものだと思いますよ。そして、この犯人の中佐が属していた皇道派といわれる方々は、青年将校運動と提携して、それを煽るかのような行動を常としていたときでした。

私はあの事件の起きますことを、二月二十三日に知ったのでございます。東田の留守に磯部さん（元青年将校）が見えまして、「奥さん、いよいよ二十六日にやります。東田さんが反対なさったらお命を頂戴してでもやるつもりです。とめないでください」とおっしゃったのです。それから二十六日まで、苦しい辛いなんともいえぬ迷いに悩み抜きましたです。露顕して未遂に終わってくれればいい、あれだけ思いつめているのだから成功させてあげたい、私が然るべき筋へ密告しなくてはいけないのじゃないだろうか。この三つの考えの堂々めぐりで死ぬような思いをしました。

三十五年ぶりの大雪となった東京、昭和十一年二月二十六日未明のことです。歩兵第一連隊、歩兵第三連隊、近衛歩兵第三連隊など一四〇〇名が青年将校に率いられて蹶起し、内大臣、蔵相、教育総監を殺害し、侍従長に重傷を負わせました。また蹶起部隊は首相官邸、警視庁などを襲い、政治の中枢、永田町一帯を占拠して国家改造の即時断行を要求しました。しかしやがて、彼らは叛乱軍とされて討伐の対象となり、事件発生の二日後ついに帰順することになりました。蹶起将校の多くは、君側の奸を除けば、天皇の真の意思が顕れ、その天皇の真意に基づいて国家改造がなされるはずだと期待したのです。しかし、蹶起を叛乱とし、それに最も強く憤り、いち早く討伐を主張したのは、ほかならぬ昭和天皇だったのです。

南先生と東田は、二・二六事件の首魁として死刑ということになりましたが、事件の現場へは一歩も近づいてはおりませんし、事前の計画にもいっさい参画はいたしておりません。

南夫人とは百カ日御一緒に暮らし、私は赤坂の禅寺へ東田の遺骨をもって身を寄せることにしました。それから、南先生が捕えられましてからというもの南夫人の霊告はおりなくなったとのことでございます。東田の夢をありありと見る夜がございますよ。「君と吾　身は二つなりしかれども　魂は一つのものにぞありける　君が心に吾はすむものを」と。東田の処刑される前々の日の言葉にてございます。

南スズです。二・二六事件は、第一次処刑十五名、第二次処刑四名、自決した野中四郎さん、河野寿さんを含めて二十一人が汚名のもとで死んでいきました。そして叛徒となった二十一人の男たちは、十四人の未亡人をのこしました。私はすでに五十代でありますが、ほとんどが二十代半ばの若さの方々でありますし、七人がいとけない遺児を抱えておいでだということで本当に心が痛みます。

大輝はじつに愛らしい少年でしたが、長ずるに従って見るからにいやな感じの青年になってしまったように思われます。南は大輝を「若様」と女中に呼ばせたりする盲愛に近い育て方をしたものですから人柄をそこねることになったのかもしれませんが、どこにいても、お父さんといっしょにいるんだと思って生きていってほしいです。

それから南はすごくロマンチストなところがあったと思っています。革命家ではありませんよね。失敗者ですからね。政治家でももちろんありませんよね。南には政治は無理です。学者でもないですよ。南は勉強家ではありません。若いときの一時期を除いては。だから身内だから、ちょっといい風に言えるのは、神さまが南にずっとスクリーンの中であなたを見ているからねと言ったのに対して一コマ一コマを綺麗に演じて良くみせようと必死に努力をした人のように思えてしかたがありませんです。

七、清香

政府が人口動態の統計をとり始めたのが、一八九九（明治三十二）年。それ以来、初めて出生数が死亡数を下回り、総人口が減少に転ずることとなりました。合計特殊出生率は一・三五と過去最低を記録。出生数は第一次ベビーブーム期の約四割、第二次ベビーブーム期と比較しても約半分の水準に落ち込んでいます。晩婚化と晩産化が進んでいます。婚姻件数は七一万四二六五組で、特徴としては国際結婚が増えています。十八組に一組は国際結婚といわれます。平均初婚年齢は夫が二九・八歳、妻が二八・〇歳となっています。そして未婚という現象も進行しています。総務省「国勢調査」によると、二十五〜二十九歳では七一・四％、三十〜三十四歳では四七・一％、三十五〜三十九歳では三〇・〇％となっています。一九七〇（昭和四十五）年を例にとると三十代の男性・女性ともに九割が結婚していたということと比較すると、大きな違いであります。

　このような内容に関する書籍も書店で多く見られるようになり、時代は大きく変わろうとしている。

　梅雨明けが早く夏も早くやってきたと感じられる蒸し暑い日の夕刻、木島貴子さんが、「草津の『武生（たけお）』さんから久保という女性の方がお見えになりました」と連絡してくれた。木島さんは得意先管理のとくに請求書発行の主任で、日頃から明るい性格の人である。私が直接に入口へ行ってドアを開けると、「経理部長さんですか。『武生』です。いつもお世話になっております。どうも」と頭を下げた。久保さんという女性である。用件は電話で確認ずみで、この時間帯はめったに接客用の部屋は使わないこともあって、私は事務所の自分の机へ案内して椅子を差し出し、「まあ、どうぞお掛けください。ご苦労さんです」と言って名刺を手渡した。名刺には（株）大津活魚経理部課長谷川慶太と印刷されている。久保という女性は腰掛けることもなく用件だけを手短に済ませたいらしく、「ご無理を言って申し訳ありません。これはほんのお礼のしるしです。皆さんで食べてください」と。差し出された紙包を受けとり、お礼を言いつつ谷川慶太はそのときまず、いい香りがするという言葉が浮かんだ。それは日頃の空気とはとくに違っていたかもしれない。大津活魚という会社だけあって社内は魚がいっぱい泳いでいる大プールを主設備とするそういう特殊な匂いの中の日常からくる覚えであったかもしれないが。

「一カ月とお聞きしてますけど、それでよかったですね」

「本当に有り難うございます。宜しくお願いします」

目の前で手早く対応して手渡すと、明るい笑顔を満面にうかべ「助かります」という謝意を述べ、久保という女性は事務所を去った。あまり頻繁にあっては困ることだが、約束手形の支払期日の延長に応じたのである。株式会社大津活魚は大津市京町二丁目にあって、料亭・寿司屋・料理店などに活魚らを売り、水槽車で配達他をする商いであるが、『武生』さんは草津市野路町にある割烹屋さんでお得意さんの中でも上位にランクされるお客さんである。

二日後の日曜日、営業以外の事務系は休みなので、谷川慶太も昼食を早目に済ませ、膳所にある西武百貨店に出掛けた。さすがに日曜だけあって店内は賑わっていたが、人混みの中は苦手な方なのでギフトコーナーだけをひととおり見て廻って店外へ出た。出たところに宝くじ売り場があったので、たまにしか買わないがけっこう楽しみにしているときもあり、急に汗ばむのを感じながら窓口に寄った。すると先に買い終えた女性が振り返り、こちらを見た。慶太は、「やあ『武生』の」と声が出かかったが、頭をさげ急いでくじを買った。すれ違ったときの香りの記憶がよみがえった。夢中で眼を追い、追いついて「以前にも出会っているかもしれませんね。少し時間をいいですか」と大声が出てしまっていた。

慶太はぐいぐいと引っ張っていくように歩いていた。

「すぐ近くと聞きましたので付いて寄せてもらうことにしました」

と家へ入るなり久保和子は言った。この家は、琵琶湖のすぐ近くにあり、鮮魚店を営んでいた両親が遺してくれた宝物というべき慶太にとって有り難い住処である。こちらから話しかけないと黙りがちだった和子も、慶太の親切さのあるところを感じ取ったらしく会話らしくなった。そして和子はその後、初めての誘いに応じたにしては自分のことを話してくれた。和子の父は肺癌で亡くなってはいるが、元気な頃は時代劇専門の大部屋役者で京都の撮影所に通っていた映画人であったこと、母さんと二人暮らしをしていて母さんは料理旅館で仲居をしていること、和子自身は会計の仕事を希望していたので、経理学校で簿記の勉強をして基礎を身につけ、今経理の仕事に就いていると少し自信あり気に述べてくれた。慶太は聞いていて興味津々で身体が熱くなり温もりを意識した。時間はあっという間に過ぎさり、楽しかった思いを伝えるように駅まで送った。

大津活魚の朝は忙しく、勢いのある張りつめた声が飛び交う中、各水槽車への活魚などの積み込みと、営業方針に関する事務的連絡などでごったがえした状態が続くが、それがすむと急に静まりかえる。昼前に落ち着いた感じになったとき、鯖江市神明町にある支店から根岸哲郎さんが来た。色黒で頭をパーマがけし、ちりぢり髪のはにかみ屋さんでとおっているが、いつも魅力的な話をして帰る。

「女にもてるには何といっても強くてやさしいこと、ほれたらアカン、ほれささなアカン、日頃男だてをみがいておくこっちゃ」と真面目そのものの調子で言うが、根岸さんは山登り大好き人間でもあるらしい。そして最初にこうもち出した。

「神秘的という言葉がぴったりの山は少し遠いけど夜叉ケ池山やね」と。福井県と岐阜県の境にある山で、鯖江市河端の源氏長者の娘が、干ばつに雨を降らす交換条件として、夜叉ケ池に棲む大蛇のもとへと嫁に行くという伝説があると聞かしてくれた。

慶太も本で『夜叉ケ池』というのを読んだことがある。泉鏡花の原作でもう一度読みたくなるほど興味深いものだった。そしてこの『夜叉ケ池』は昭和五十四年三月に芥川比呂志さんの演出により上演されたこともあり、同じ年に映画にもなった。篠田正浩監督で坂東玉三郎さん主演で大作として封切られたのである。

　根岸哲郎さんの話は次へと進んで、夜叉ケ池のほかに近くて親しみをもてるのが文殊山らしい。鯖江市と福井市の境界にあって、越前五山のひとつで、田んぼの中にそびえているため割合高く見える。養老元年に泰澄大師が開いたと伝えられ、山頂の本堂には大師自作の文殊菩薩が祀られている。これは非常に知恵に富む菩薩さんで知恵を授けてくれる仏として信仰心を集めている。さらに根岸さんは、この文殊山の下山の途中では決して振り返ってはならない、振り返ってしまうと、せっかく授かった知恵がなくなってしまうといわれていると付け足して語ってくれた。

　大暑を明日にした金曜日の夜、久保和子は母節子に向かって話しかけていた。

「母さん、明日友達とこに泊まってきてもいい？」

「和子、友達って、この前言ってた取引先の男の人のことだろう」

「そうよ母さん」

「お前、もう気持ちの整理はちゃんとついているんだろうね」

「もちろんよ、心配しないで」

母節子が気持ちの整理と言ったのは、和子の傷心が癒えているか心配しての言葉である。けっこう大きな会社の重役さんに気に入られ、親切に良くしてもらっているうちに恋愛に発展し、将来のことをちょっと真剣に考えさせられるようになった矢先に壊れてしまった。直接聞いたことではないのでよくわからないが、お家が違いすぎたとか何とかだった。

「和子、取引先の男の人何と言ったっけ」

「慶太さん、谷川慶太さんよ」

「その人、逢って話しているときに、子どものことにふれると、絶対子どもはつくらない主義だと言ったんだろう」

「母さん、真剣に内容を聞いたわけじゃないのよ」

「母さんはあまり喜べないわよ」

「大丈夫よ、私しっかりしてるから」

処暑が過ぎ、地蔵盆でお地蔵さんの前ではしゃいでいる子どもたちを横目で見ながら、慶太は和子と連れだって京都へ出掛けた。中書島駅で降り、小さな祇園の飲み屋街をふと思わせるような繁栄会と書いた通りをすぎ、右に折れて進んで行くと、十石舟が河川に浮かんで点在している。緑の木々の鮮やかな向こう岸に十石舟乗船場が見え、川に沿って歩いていくと、川岸に弁当をひろげた遊客もあり、熱心に筆をとって写生に励んでいる一行も見かける。川向こうに目をやれば、酒蔵が大小おりまぜ情緒たっぷりに並んでいる。

ここは宇治川渓流の伏見の港町であり、京の外港であった。京の街からはかなり離れたところにあるが、天下の台所大坂との物資の交流に最も枢要な位置にあり、人々の往来の面でもパイプ役として大いに利用されたところだ。うっとりと浸り顔の和子の肩に手を触れ、川沿いを歩いていった。昔ながらの造作もあり手前に竜馬通りの表示を見て、そこを進んでいった。少し行くと、タクシーやら、お抱えの乗用車風の車ら急に動く塊(かたまり)と出会ったように思ったら、そこは寺田屋の前に来ていた。

和子は、「大河ドラマそっくりやね」と喜んだみたいだ。寺田屋の家屋の隣には女将のお登勢さんの大明神もあった。そして目の先の川に寺田屋浜乗船場がある。こちらは三十石船である。三十石船は伏見と大坂を結んで随分と繁昌したらしい。

伏見は随分と栄えたものでこの船着き場の辺りには、舟宿が十三、四軒も軒を並べていた。寺田屋ももちろんその一軒であった。薩摩藩の御用も勤めていたし坂本竜馬の定宿でもあった。この宿をめぐる竜馬とおりょうのエピソードはあまりにも有名であろう。

竜馬通り商店街に別れを告げ、さっき向かいに見た酒蔵の方へと足をむけ、黄桜記念館・月桂冠大倉記念館といった大正レトロまた大正ロマンの写実の粋な風景と匂いを味わいながら、和子と充実の時間を共有しているという喜びを感じとっていた。

谷川慶太には、この時期会社人間という側面から悩みがあった。それは時には深刻さをともなった。中小企業を取り巻く一般的環境悪化ということであるかもしれないが、この会社独自のことのようにも考えられた。それは次の三つの言葉で表わせた。「売上不振」「資金繰りの悪化」「経営革新に取り組む難しさ」であった。新たな販路を開拓する必要性は最重要課題だといわれる。しかし新規開拓の成功率は非常に低い。既存顧客のニーズの掘り起こしという方向になってしまう。それに社会自体の変化もある。つまり商品全般に商品ライフスタイルが短期化の傾向がはげしく、より高品質でかつ安価なものが求められる消費構造になってしまっている。資金繰りについては最も神経を使う対応が求められ、あらゆる選択肢を考慮に入れなければならない。「顧客・取引先の要望に対応できる提案」「顧客の行動からの察知」「一般的な市場の動向」「競合他社の動き」「代表者の個人的なアイデア」「研究機関の研究成果」など、顧客重視、市場動向重視、アイデア重視など重点をどこにおくかという点、経営者と従業員が意識改革して自分たちの「強み」をアピールしていく努力を重ねていくという基本ではあるが、簡単ではないというのが普通であろう。

初めての二人しての遠出というには近すぎたかもしれないその日、和子は一時流行していたキャミソールに薄地のカーディガンといった服装をしていたが、その和子に慶太は用意していた封書を手渡したのであった。恋文のつもりだった。

和子さんと出あって、この人は自分と同類の香りをもっている人だと感じ、その感性が今もずうっと続いて大事にしています。両親をともに前後して癌で亡くし、満足のいく親孝行もできないばかりか、逆に神経症的な面が出てしまって心配ばかりかけたという負い目があります。甘やかされていた最中に一人になってしまったという思いは、大変なさびしがり屋となり、時によっては孤独の沼に足を引っ張られるということもありました。それというのも、ある時期、以前のことですが、いろんな妄想に悩まされたものでした。誇大妄想であったり被害妄想といわれるものも経験したように思います。プライドは高いが、本当の自信はないという現象もあらわれ、頭で考えてばっかりで行動への機能不全といったときもあったように思います。不安の中で、四六時中緊張の中で生きている自覚は長い間ありました。そういった脆弱さがいっぱいあるわたしに、「心の強さ」をいつも強調して励ましてくれる和子さんと、もっともっといろんなことでわかりあいたい、そしてお互いにキャラクターを確認しあえて支えあっていける間柄でいたいという思い、贅沢をいえばわたしを無条件で支持してくれる人であってほしいと。恋文にしては、あまりにも深刻な内容になってしまいました。

旧暦の神無月出雲には全国の神々が集まり、神在月となります。人は良縁を出雲大社に祈願する。出雲大社が祀る大国主命は、大己貴神などの別名をもち、さまざまな神話伝承に姿をみせ、日本列島土着の神としては圧倒的な存在感を示している。慶太は和子さんと婚約したら、是非この出雲大社に詣りたいと思った。二人とも神無月の生まれである。

それからすぐ、和子の方から連絡があった。「わたしがついていてあげなあかんと思います」と、はっきりと聞き取れたのである。うれしさが爆発しそうになるが、しかし和子に今言っていいかどうか躊躇った。慶太は今日勤め先を辞めてきた身なのである。恐縮した本当に有り難い気持ちを伝え、このことは今度逢ったときに伝えることにした。

慶太は今の勤務先が嫌いというわけではなかった。しかし、強烈に考えさせられることになったのだ。燃焼してしまったのではないか。充実感を得られるのは午前中の短い間だけ、それにもかかわらず他部門の人・外へ出ている営業の人との時間的共有感を大事にして倫理感をつらぬくと帰宅する時間が毎日遅くなることもひびいたと思う。自分の居場所というものに悩んだ末の結論だった。

婚約成って失業してしまった慶太は責任感からもあろうがあせった。自宅に閉じ込もった状態で、窓も完全に締め切ったまま、溢れ出る汗をタオルで拭きながら、今後のことを必死で考えた。

慶太は自分勝手な想像かもしれないが、和子が少し距離を置いたのではないかと思い、無性に心配が拡大し、会いたくてたまらなくなった。和子が勤める草津市野路町へ足を運び、勤務先から帰るところを待っていたが、顔を見るなり、せっかちに切り出した。

「必死に頑張るから。一生懸命尽くす。遺す。育てるから。そして旅行しよう」と。

和子は落ち着いた言葉遣いで「わかりました」と頷いた。その表情には「慶太さん、頑張ってね。私も精一杯頑張るからね」と語っているように受け取れた。

後日、慶太としては、婚約成ったはいいが、自分が安定していないでは、和子のお母さんに合わせる顔もないという思いもあって、貯金もあることであり、和子との旅行の計画にお母さんもお誘いして一緒に行ってもらうことにしようと考えて、了承をとりつけたのである。

八、平成の太平

不埒（ふらち）なことが起こるなあと一人呟き空を見て、手の平を揉んで、親指を握り締めた。大日方友治は、感情を高揚させ、何かに向かうときの癖が出たことを覚りながら、妻の友子の言ったことを思い出した。「今週は小の週なのに、瓶が山ほど出してあるのよ」。ごみ集積所の当番にあたっていた大日方家で、この週は資源ごみを出すことの少ない手のかからない週だった。なんでまた、こんなてんこ盛りの量の瓶を決められた日でもないときに出すのやろと、友治と友子は思案し、相談した結果、自治会に申し出ることにした。友治が早い方がいいよと、自転車で自治会館に直行すると、ちょうど役員の野間さんがおられたので、こうこうと伝えると、「大々的なもんとちゃうと思う。もう一つ集積箱を増やしておくわ」と淡々と言われたので、「めずらしくないんですか」と問うと、「ほかの集積所でも不法ごみ出しのようなこと、このところようあるんや。自治会としても対処を考えているところや」とのこと。野間さんは、まかしときという素振りで応じた。

それから二カ月ほどたった頃、自治会の夏の行事である夏祭りが終わってその次の週、大日方家のごみ当番が回ってきた。ところがである。ごみ当番にあたっては、ごみ当番帳を順に当番になった人に回していき、集積所の管理に携わるのであるが、この当番帳が、金曜日それも午前の早い時間に我が家へ回ってきていたのである。当番帳の責任は日曜日を境に引き継ぐと思っていたので、妻と驚きの表情をつきあわせ、お隣の花井さん、そしてそのお隣の渡辺さんが、それぞれに注意書きを書き込まれている。そしてそれには、渡辺さんが「他所の人がごみを捨てている」、花井さんは「破砕ごみの袋あり」とあった。そこで、我が家では、ごみ当番帳が回ってきたら、まずすぐに集積所の点検をしておくという習慣であったので、友子が行って見ると、大きな無地の袋が置いてあって、これが花井さんが書いていた破砕袋なのかと中を点検してみると、まず正規のごみ袋でなかったし、いっぱいいろんなものが入っているので、これはどっちみち、まったく分別されていないので持っていってくれないのはわかったし、このままにしておけないと友子は整理をするため、いったん家に持ち帰ってみると、中身は先週の夏祭りの関係のもので機材やら食品・菓子やらかなりの種類のものがいっぱいつめ込んである。なんとまあ、無責任ないい加減なことであろうか、驚きが怒色に変わりつつあった。自治会の夏祭りの担当者で、かつ役員の方だったら、こんなことをする人はまずいないでしょうと友子は言いつつ袋の整理を時間をかけて終えた。

翌日、二人は当番帳を前に置いて意見を出しあった。

友治は二つの疑惑があると友子に説明した。まず、お隣の花井さんについてである。破廉恥にもごみ当番帳を金曜日の午前早くに回してきたことにくわえて、その当番帳に書かれている破砕ごみの袋というのがあやしげで事実と差があること、そして、花井さんは今現在自治会の役員をしているが、当然夏祭りの作業を担当し破砕袋の中身に実際関係している立場にあるということ、そういった夏祭り当事者の花井さん個人に対する疑惑である。もう一つは、我が家に対する「いやがらせ」という観点からの疑惑である。

花井さんは自治会の役員を強引に押しつけられた経緯もあり、負担に感じている節が大であり、いわゆる長いお一人暮らしで、我が家の反対側のお隣の永井さんを何かにつけて頼りにしている。そしてその頼りにされているというのが永井さん夫婦の奥さんの方である。この永井さんの奥さんというのがまたすごく特徴のある人で、性別が女性であるということに疑問符がつくぐらいの男勝りで普通のちょっとした男性なら手玉に取るというタイプである。また、お隣の永井の奥さん宅には男女を問わず人の出入りが多くて、友治も友子も毎日、うかうかしていられないという思いで生活している。

その永井の奥さんは、日頃、幾度にも舟橋さんの親戚ですよと誇示したがるようなところがある。舟橋さんというのは大きな自動車修理工場を営むお宅で、お父さんの代には、この辺の大地主で名望家然としたところのあるお家である。そして、我が家は縁がなく舟橋家とはほとんどといっていいぐらいに接点がないのです。こういった住環境下からくる「いやがらせ」説を友治は第二の疑惑として主張するのである。この意見に対して友子は、あっさり「お父さん、考えすぎですよ。またお父さんの悪い癖」と声を大きくした。近所付き合いがとくに上手でなくても普通の程度にはできないと良くはないし、「むこう三軒両隣」は日本の生活習慣の中で大事なものであるということは二人とも充分に承知していると思う。

自治会が行政からの下請け事業的な面をもっているにしても、地域住民自身による解決が重要であるということ、交流の場が与えられるということも、防災面でも有り難いし期待感もありますよね。

行政からの配布物を自治会を通して行っているので、お役所仕事の出先機関的な面はありますが、自治会独自の広報もいたってしっかりしており、どんど、獅子舞、祭り、運動会などの交流行事は親睦という面で大いに役に立っており、パトロールや災害時訓練などは基礎的要件として機能していると思う。

そういった自治会活動の参加について、例えば両隣と比べてみると、我が家は普通よりちょっと積極的な程度だし、花井さんは様子見参加でこられたのだが、現在自治会の役にあるので常時参加でしょう。ところが反対隣の永井さんは全くといっていいほど参加がない。永井さんとこは、ご主人がほとんど家におられないし、一切合切奥さんにまかせきりで表面に出るということがないお家で、男勝りという表現を使ったが、別の言い方をすれば姐御タイプ、また若いときは番長だったのではないかと思える奥さんで、知名度は高く、はばを利かせているといえよう。そういう永井さんだから噂も多く、「舟橋さんから相当借金をしてはる」「永井さんが住んではるとこは、土地も家も舟橋さんのもんや」「永井さん夫婦は一緒に住んではるけど、実際は夫婦やない」とか、我が大日方家としては気にしないではおれない気持ちにさせられる点が実に多いのである。そして、友治は友子にあるとき、永井さんとこ自治会未加入説を説いたことがある。友治の主張は、永井さんがごみ集積所を使っていない点、自治会活動への全くの不参加といった点が根拠にあるのだが、友子はまた、いつものように「お父さん、考えすぎですよ。お父さんの悪い癖」と釘をさすことを忘れなかった。

自治会への加入については全員加入が原則のようになっているが、加入することを強制することはできない。裁判で争われたことがあるそうで、最高裁が「自治会は強制加入団体ではない」と判断されているということです。

地方の小都市に住んで、地域愛と自分たちの将来、「市」に対する関心度と愛着を持つ努力など地方ならではの緊張は感じるものです。

ある日、友子宛に葉書が届き、督促状のような内容で、心当たりがなく、どうしたものか不安で困っていたとき、市が発行する広報で友子に届いたと同じ内容のものが載ってあり、注意を呼びかける主旨であったので安堵し、貴重な情報を有り難うと感謝したことがあった。こういった事例もあり、「市」に対する興味がふくらんで「歴史」的なことも学んでいこうと思っている。

秋になり、この地に市会議員選挙の空気が漂ってきたのである。この自治会内に住む徳田さんという人を、自治会挙げて応援し、この地の町づくり、発展の為、是非とも当選させたいということである。友治にも招集が掛かった。自治会館前での出陣式には絶対に負けられないと大勢の人が顔をそろえた。活動予定表が配られ、選挙期間中、友治も三度、練り歩き行列に参加した。大声で「徳田さんをどうぞよろしくお願いします」と連呼しながら、旗をしっかりと持ち、当自治会内と隣接する自治会域を練り歩いた。

政治色というより、この地元から責任を持って地元に貢献する人材を出すんだという何か掟のようなものを感じた。自治会活動で日頃感じるのとは違ったもっと覇気のあるものを感じざるを得なかった。

お隣の花井さんとは、自治会館前での出陣式で顔を合わせたが、選挙期間中は割り当てられた組が違ったので顔を合わせることはなかった。永井さんにいたっては全くの不参加であった。

選挙結果は徳田さんの大勝利でなんとトップ当選であった。自治会の役員さんの中で親分面した人の高笑いが浮かんでくるように思えた。

自治会の課題としてよく、「役員のなり手不足」ということがあげられますが、どこの自治会でも共通の悩みであるらしい。そして、自治会の組織は弱体化に向かっていくのでしょうか。「安全・安心」を得るため、交流の場を確保するため、良い環境を維持していくため、「子育て支援」や「高齢者見守り」のためなど自治会の役割は本当は大きくなっているのではないでしょうか。

年が明けて大きな動きがあった。市の自治基本条例で、「本市に住む人は自治会へ加入しなければなりません」と定めたというのである。しかし、報道を冷静に読むと、市側は、「理念を決意として表したもので、義務というわけではありません」と、そして、「個人の思想の自由は踏み込めるものではありません。加入していただきたいことはそのとおりですが強制はいたしません、罰則規定はもちろんありません」と、まさしく理念と建て前の重視そのものです。

共助組織として絶対に必要な組織ではないか、いろいろな疑問を過大にみて、自治会の役割を理解するのに疎かでないか、市民としての自助努力は怠ってはならないが、「共助」という面もかなり重要なのではないか、そして、住民自身による課題解決という本来的目的の為にも必要ではないか。友子はよく言う。「疑り深くて、心配性のお父さん。もっともっとしっかりやっていきましょうね」

住環境という言葉からくる受動性と受信性は、それとひっついている能動性と発信性を考えてみると、毎日の健康的で文化的な精神による調和と思いやり、気遣い、おもてなしの心など必要なことは学んでいきましょうと励ましあうのである。

〔参考文献〕

●藤井譲治著『天下人の時代』(二〇一一年 吉川弘文館)
●渡邊大門編『信長軍の合戦史』(二〇一六年 吉川弘文館)
●永山久夫著『たべもの戦国史』(一九七八年 新人物往来社)
●高木久史著『撰銭とビタ一文の戦国史』(二〇一八年 平凡社)
●大村大次郎著『お金の流れで見る戦国時代』(二〇一六年 KADOKAWA)
●岡村吉彦著『鳥取県史ブックレット1 織田VS毛利―鳥取をめぐる攻防―』(二〇〇七年 鳥取県)
●朝尾直弘、仁木宏、栄原永遠男、小路田泰道著『堺の歴史 都市自治の源流』(一九九九年 角川書店)
●中野美代子著『カニバリズム論』(二〇一七年 ちくま学芸文庫)
●松好貞夫著『天保の義民』(一九六二年 岩波書店)
●奈良本辰也著『叛骨の士道』(一九七九年 中央公論社)
●佐々木克著『幕末史』(二〇一四年 ちくま新書)

●松岡英夫著『安政の大獄』（二〇〇一年 中公新書）
●松尾尊兊著『滝川事件』（二〇〇五年 岩波書店）
●杉森久英著『近衛文磨』（一九八六年 河出書房新社）
●戸部良一著『日本の近代9 逆説の軍隊』（一九九八年 中央公論社）
●宮本又郎著『日本の近代11 企業家たちの挑戦』（一九九九年 中央公論新社）
●澤地久枝著『妻たちの二・二六事件』（一九七五年 中央公論社）
●渡辺京二著『北一輝』（二〇〇七年 筑摩書房）
●一ノ瀬俊也著『東條英機「独裁者」を演じた男』（二〇二〇年 文藝春秋）
●岩井秀一郎著『永田鉄山と昭和陸軍』（二〇一九年 祥伝社）
●小山俊樹著『五・一五事件 海軍青年将校たちの「昭和維新」』（二〇二〇年 中央公論新社）
●泉鏡花著『夜叉ヶ池』（一九八〇年 講談社）
●中小企業庁『中小企業白書 2003年版』
●内閣府『平成18年版 少子化社会白書』
●紙屋高雪著『どこまでやるか、町内会』（二〇一七年 ポプラ社）

あとがき

時の八面体として八つの「時」を自画像的に捉えている。「時世」としてのエポックメーキングになるもの、「私」としての「時の足音」を描くもの、現在、過去、未来の歴史の一場面において、「その時」を思いっきり感じ、一所懸命に生きる時の人として、真面目に実に真面目に生きることが大切で尊いことである。

戦国の世にあって明日の命さえもが油断できぬ中にあっても、武士の生き方を尊びつつも、「商売」が好きな「私」。好きな女性と小さな幸せを実現するため自分の腕をお上に認めてもらう喜びで二人の愛を共有しようと必死にもがく「私」。理不尽な幕府の政治に改革の希望を持ちつつも、現実の目の前で現出する暴挙と失政にあって、大事な友を失い悲しみにくれる「私」。数奇な出自ゆえ、幕末から明治へと時代の画期となる「維新」を体験し、子孫への「存在感」を見せつけた「私」。大学という舞台で、学問と思想が自由との関係で危機に陥り、尊敬する恩師が事故死してしまうという悲しみにいたるが、受け身の姿勢を貫く勉強家で熱愛者の「私」。早熟な革命家で、手段を選ばぬ強引な手腕とゴリ押しの理論で急進的な青年将校にあまりにも影響を与えることになる「私」。清らかな香りに出会い、全存在を賭けて、婚約にまで上昇したかに見えたが、失業してしまい、信念をもって敗者復活戦を生き抜く覚悟を決めた「私」。地方自治と自治会の関係を勉強し、生活環境の内と外を強烈に意識し、前向きに頑張る姿勢を夫婦の基本とした「私」。
　八つの「時」を生きる真面目な人は、毎日毎日を大事にし、良くなっていこう、良くなっていくんだと反省と学びのサイクルで自らに試練を課し、頑張ろうとしているのだと思うのである。古くて世界的な考え方「タイム　イズ　マネー」である。一瞬一瞬をおろそかにはできない「時の人」として「私」は、そして「あなた」は在るのである。

二〇二三年

岡本　章良

著者プロフィール

岡本 章良（おかもと あきら）

1949年、京都府生まれ。

立命館大学法学部卒業後、主に経理畑の職にあり、社会保険労務士を経て、作家活動に入る。「歴史」に関する知的欲求は旺盛で、「推理」と「哲学」の両面からのアプローチに興味を持っている。

将棋は永年の気分転換である。

時の八面体

2024年２月15日　初版第１刷発行

著　者　岡本 章良
発行者　瓜谷 綱延
発行所　株式会社文芸社
〒160-0022　東京都新宿区新宿1－10－1
電話　03-5369-3060（代表）
03-5369-2299（販売）

印刷所　株式会社暁印刷

ISBN978-4-286-24974-2